# LA GUERRE
# DU GOLF

DU MEME AUTEUR

Aux Editions Gallimard

*L'Ombre et la proie*, roman
*Oisive jeunesse,* roman
*Le Fils unique,* roman

Aux Editions L'Age d'Homme

*Les Solitaires,* nouvelles
*Itinéraire de David B.,* roman

GEORGES OTTINO

# LA GUERRE DU GOLF

ROMAN

L'AGE D'HOMME

Collection *Contemporains*
dirigée par Claude Frochaux

pour IRIS,
sans qui ce livre
n’existerait pas.

Ce livre est une œuvre de fiction. Toute ressemblance avec des personnes existantes ou ayant existé serait pure coïncidence.

# TROU N° 1

A la dernière minute, on nous a prévenus qu'elle ne viendrait pas. Elle n'a pas donné de raisons, – ou la secrétaire les avait oubliées. Bref, nous avons dû partir seuls. Dommage ! Parce que je l'aime bien, cette Valérie Bernardy. D'abord, elle est jolie, très jolie. Et puis elle a de l'esprit. Assez caustique, mais comme de mon côté… Entre parenthèses, je viens d'apprendre qu'elle s'appelle en réalité Valeria Bernardi, et qu'elle est Italienne, des environs de Sienne ou de Pérouse, on ne sait pas au juste. Pourquoi donc a-t-elle francisé son nom ? Chez nous pourtant, les consonances exotiques « sont un plus », comme dirait Aloïs Maurer, qui ne manque jamais de remâcher avec son accent suisse allemand les expressions à la mode. Alors ? Distinction plus grande de l'y ? Lassitude d'entendre son prénom prononcé à la française ? Désir d'échapper à d'anciennes connaissances qui, de passage, la chercheraient dans l'annuaire ? Je n'en finis pas d'aligner des raisons, même extravagantes. Parce qu'en fin de compte, extravagantes, souvent, elles ne le sont pas. Déformation professionnelle ? N'empêche, il n'y a jamais besoin de creuser bien profond pour trouver, partout, de ces points d'interrogation, de ces minuscules mystères. Au bout de quelques minutes, tout le monde devient suspect, à commencer par soi-même. Suspect de quoi ? Mais de tout, voyons, puisque n'importe qui est capable de tout !

C'est à quoi je pensais devant la loge du caddy-master, tirant mon chariot, quelques pas derrière Robert, qui suivait le sien, électrique. Dépassée la fontaine, où un inconnu nettoyait ses clubs à coups de brosse méticuleux, le chemin s'élargit. Je me suis porté à la hauteur de Robert et je lui ai fait part de ma découverte. Il a trouvé la chose parfaitement naturelle.

Ce refus de « chercher midi à quatorze heures » a quelque chose de reposant. Non que Robert soit simpliste, et quand la chose en vaut la peine, il est capable de toutes les subtilités. Mais il refuse de commencer par elles. Moi, au contraire… Plus d'une fois, il m'a reproché d'être « un esprit tordu ». Non sans ajouter qu'il en avait été un lui-même. C'est Elisabeth qui l'a guéri, avec le temps ! Pour m'excuser, il explique mon attitude par mon métier ; on ne peut y prendre de la nature humaine qu'une vue cynique et désabusée. Et le sien, de métier ? Est-ce qu'un conseiller juridique ne passe pas sa vie dans les embrouilles ? Est-ce que la première de ses qualités ne doit pas être, comme pour moi, la méfiance ?

Lui aussi trouve Valérie Bernardy très séduisante. Mais trop jeune. Depuis son veuvage, qui date maintenant d'une dizaine d'années, il a eu bien des liaisons. Mais à plus de soixante ans, il s'est interdit d'en nouer avec des femmes qui en aient moins de cinquante. Une femme trop jeune ne lui apporterait pas la sécurité qu'il en attend, pire, elle lui donnerait des complexes en lui faisant sentir un âge dont par ailleurs il n'a pas vraiment conscience. Comme Valérie n'a que trente ans, trente-deux, à tout casser…

Ça ne l'a pas empêché de regretter son absence. Sur un parcours de golf, les déboires que le jeu ne peut manquer d'apporter sont agréablement compensés par le spectacle d'une belle chevelure ou d'une paire de jambes mises en valeur par un bermuda bien coupé.

– Est-ce qu'elle a vraiment une vie sentimentale tellement agitée ?

– Moins qu'on ne le dit, sans doute, mais plus qu'elle ne le montre.

– Qu'est-ce qui te permet de l'affirmer ?

– Je n'affirme rien. J'écoute, j'observe. Franchement, dans ce milieu, il n'est pas nécessaire d'être Sherlock Holmes…

– Pour lequel tu as d'ailleurs peu d'admiration !

– Que veux-tu, ses astuces me semblent à la fois invraisemblables et puériles. En tout cas, je n'ai pas eu besoin d'apercevoir un cheveu de Maurer, qui n'en a plus tellement, sur la robe de Valérie, pour savoir qu'il était son amant.

– Ni de voir sur sa figure à lui l'empreinte d'une main pour comprendre qu'il l'avait quittée.

– Dans ce monde, les coups de griffe ne se donnent pas avec les ongles. Ça pourrait en abîmer le vernis.

Nous étions au pied de l'escalier du départ. La pendule marquait 9 h 35 ; dans cinq minutes, ce serait à nous. Au fond de l'horizon, à peine découpées sur le bleu presque blanc du ciel, les montagnes, encore couvertes de neige, semblaient vaporeuses. Le soleil était déjà chaud, l'herbe du premier printemps reverdissait, les arbres avaient autour des branches comme une buée verte. C'était une belle journée pour être avec un ami, se promener, bavarder, taper de temps à autre dans une balle avec l'espoir qu'elle voudrait bien suivre la trajectoire rêvée, puis se consoler de ses caprices en contemplant le paysage, sublime et familier.

– Naturellement, on ne sait pas pourquoi il l'a quittée ?

– Il y a des rumeurs. Il y en a même tellement qu'on ne sait pas que croire.

Dans ce petit univers de loisir, dont les habitants se connaissaient tous, se retrouvaient ailleurs par leurs affaires, leurs professions, leurs distractions, leurs alliances, les indiscrétions circulaient à la vitesse de la lumière. Savoir ce qui bouillait dans la marmite du voisin, découvrir que le brouet avait un goût douteux, était trop clair ou épaissi par des ingrédients suspects, quel plaisir ! Ceux qu'on connaissait bien vous parlaient franchement, tout émoustillés à l'idée de vous apporter une information inédite. Les autres, prudents mais désireux de montrer qu'ils étaient au courant, procédaient par allusions, sous-entendus. Tous avaient en commun de vous faire ces révélations « sous le sceau du secret ». Je n'aime pas les commérages. Il m'arrive pourtant de m'y livrer pour en susciter d'autres en retour : dans le sable des calomnies, on découvre parfois une pépite de vérité.

Pendant deux ans, la liaison de Valérie et de Maurer avait été une évidence. Toute la question était d'en connaître la nature exacte. Pour la plupart, aucun doute, ils étaient amants : on ne joue pas toujours ensemble, on ne prend pas ensemble tant de repas… Pour les autres, moins nombreux, c'étaient seulement de très bons amis. Il est vrai qu'on n'avait jamais surpris entre eux de gestes tendres, de paroles compromettantes, de mines complices. De surcroît, ils se vouvoyaient. Jamais non plus on ne les avait vus quitter le club ensemble ; ils utilisaient chacun sa voiture, évitaient de partir au même moment. Mais je me rappelais Basile Codreanu : quand nous étions invités chez sa maîtresse, il s'en allait avec nous à la fin de la soirée, montait dans sa voiture, faisait le tour du pâté de maisons et revenait finir la nuit avec elle. En tout cas, Maurer et Valérie (ou devrais-je dire Aloïs et Valérie ?) donnaient bien le change. On savait que Valérie voyait régulièrement la femme de Maurer, en était peut-être l'amie. Celle-ci ne jouait pas au golf, étant peu sportive et d'ailleurs handicapée par une santé délicate. Elle venait tout de même au club dans les grandes occasions. Petite, d'une incroyable minceur, elle avait le teint et les yeux si clairs qu'elle paraissait diaphane. Tout le monde la trouvait charmante. Elle l'était. Tout le monde la plaignait, souvent hypocritement, d'avoir un mari si volage et si dominateur. Elle semblait ne pas s'en apercevoir. Aussi dévouée qu'élégante, jouant à la perfection le rôle d'épouse aimante et comblée, elle donnait à ce mari préoccupé surtout de réussite financière et mondaine un surcroît de respectabilité. PDG pour la Suisse d'une multinationale, lieutenant-colonel dans les troupes de transmissions, il ne lui manquait plus qu'une fonction politique pour avoir toute la surface dont il rêvait. Il en occupait une, d'ailleurs, sur le plan local. Mais c'est le niveau national qu'il ambitionnait d'atteindre. Et là, pour des raisons aussi tenaces qu'obscures, il rencontrait dans son propre parti les plus grandes résistances. Cela faisait des années qu'il cherchait à les vaincre, ou à les contourner. Il était encore loin de compte, mais enfin les connaisseurs disaient qu'il faisait des progrès et que pour finir ses bonnes actions boursières, à défaut des bonnes actions tout court, lui donneraient la victoire. Dans sa stratégie pour la conquête du pouvoir, il englobait les conquêtes féminines. D'abord, aux yeux de beaucoup, elles diffusaient autour de lui l'aura du vainqueur. Chez nous, à haute voix, au nom de la morale, on critique les hommes à bonnes fortunes ; mais souvent on les envie, et toujours, en secret, on les admire. Puis, à travers elles, il tentait d'agir sur des pères, des frères, des amis, voire des maris. On l'avait vu faire bien des ronds de jambe pour la femme du président de son parti. Il avait eu la sagesse de ne pas pousser trop loin son avantage, mais sans doute sa galanterie, dans ce cas, avait-elle été une erreur…

Avec Valérie, la visée était moins claire. Etrangère, elle était étrangère à la politique. On ne lui connaissait pas de relations vraiment utiles sur ce plan-là. Après tout, Maurer ne l'avait peut-être prise que pour l'agrément. Elle n'en manquait pas. Plus vraisemblable encore, c'est elle qui l'avait conquis. Probablement par intérêt. Comme par hasard, elle prenait toujours ses amis parmi les gens les plus riches. Sans difficulté : la beauté est aussi une carte de crédit. Du reste, elle ne s'en cachait pas : quand on lui parlait d'inconnus, elle commençait toujours par s'informer de leur niveau de fortune. Secrétaire de direction dans une firme américaine, son traitement, même confortable, expliquait mal la Porsche noire et les toilettes multicolores. Les plus bienveillants, peu nombreux, lui supposaient une fortune personnelle. Les autres ne doutaient pas qu'elle se faisait entretenir. Ou plutôt, puisque les cocottes ancien style semblent avoir disparu, elle acceptait, mieux, recherchait les cadeaux qui pouvaient améliorer son ordinaire. En somme, elle assurait le nécessaire, et ses protecteurs, le superflu. Elle s'achetait l'imperméable, et Maurer lui offrait la doublure en vison.

Donc, s'il s'éloignait, c'était, tous sentiments mis à part, une perte sérieuse. Après deux années de sécurité, il faudrait se remettre à tisser sa toile. Mais la mouche qui viendrait s'y prendre serait-elle aussi grosse, aussi nourrissante ?

Depuis un moment, nous avions, chariots abandonnés au pied de l'escalier, rejoint l'aire de départ, celle des boules jaunes. Moi, si j'avais pu, je serais bien parti des boules rouges, qui font gagner plusieurs mètres, quand elles ne dispensent pas de franchir certains obstacles pour moi infranchissables. Mais elles sont réservées aux femmes. Quelle ironie quand j'en voyais certaines, Valérie par exemple, expédier sans effort leur balle deux fois plus loin que moi ! Mais quoi, sexe fort oblige.

Maintenant, nous attendions. La joueuse du groupe qui nous précédait était assez maladroite. Elle procédait par petits bonds, en zigzags, doublant ainsi la distance du départ au trou. Elle sortait aussi du fairway, et dans l'herbe pourtant pas encore bien haute passait, à chercher sa balle, des minutes qui semblaient des heures. Enfin, juste avant le green, un ruisseau coupait le parcours. A en juger par ses allées et venues le long des berges, elle avait dû y loger sa balle.

Ce n'est pas moi qui me serais moqué d'elle : ses mésaventures étaient les miennes. J'aimais le jeu, je le pratiquais aussi souvent que j'en avais le temps, on voulait bien me dire que j'avais des dispositions, l'entreprise n'en restait pas moins largement problématique : j'avais soixante-quatre ans et n'en étais qu'à ma deuxième année. C'est Robert qui, de retour à Genève, m'avait entraîné. Lui était un joueur de toujours, ayant commencé son apprentissage en Ecosse, puis traîné ses clubs sur tous les parcours du monde. Malgré cela, il n'était qu'un joueur moyen, gratifié autrefois d'un handicap 28, que j'imaginais n'être pas, le temps aidant, hors de ma portée !

Ce n'est assurément pas avec des coups comme celui-ci que je l'obtiendrais ! Moi qui souhaitais partir des boules rouges, j'étais servi puisque ma balle ne les avait dépassées que de quelques mètres ! Robert, lui, comme pour renforcer mes complexes, avait réussi un coup superbe. Il essayait de me consoler en me disant qu'au trou suivant les rôles seraient peut-être inversés. Ce n'était d'ailleurs pas seulement de la gentillesse : dans ce jeu inventé par un émule de Sacher-Masoch, les premiers se retrouvaient souvent les derniers.

Mon deuxième coup fut meilleur, mais ne m'amena pas assez près du ruisseau fatal pour que je sois sûr de le franchir au coup d'après. La vision de ma balle au fond de l'eau claire avait complètement chassé Maurer de mon esprit. Robert l'y ramena :

– On sait pourquoi il la quitte ?

– Est-ce que tu demandes pourquoi un chasseur, quand il a pris un lièvre, se met en quête d'un autre ? Il paraît qu'il vise maintenant Gabriella Contini. Le morceau est gros !

– Et puis, la place est déjà occupée, non ?

– Les places, ça se libère ; suffit de pousser assez fort. Tout de même, Gabriella et Maurer, ce serait dommage.

Cette Gabriella est une des plus belles femmes que j'aie jamais vues, disons, une de celles qui correspondent le plus précisément à l'idée que je me fais de la beauté féminine, disons encore, une de celles que je préférerais avoir. Hélas, elle n'a que trente-cinq, trente-six ans ! « Qu'importe ? me diront certains. Son mari en a plus de soixante, et leur union est devenue, depuis belle lurette, de pure convenance. Ne voyez-vous pas qu'il y a là pour vous deux atouts majeurs ? » Non, répondrai-je, je ferai l'impasse sur cette dame, car mon âge me rend vulnérable, et je crains trop la chute. Je me satisferai de la regarder aussi souvent que je peux, d'échanger avec elle quelques mots, de lui offrir, à l'occasion, un café ou un whisky – elle semble aimer assez le whisky. Les plus belles amours ne sont-elles pas celles qu'on se contente de caresser dans sa tête ? La possession de Mireille, autrefois, m'aurait-elle apporté la moitié des bonheurs procurés par les rêves et les projets qu'elle m'inspirait ?

– Tu la trouves si bien que ça ?

– Encore mieux !

– Je reconnais qu'objectivement…

– Et subjectivement, donc ? Moi, rien que ses cheveux…

Elle a en effet les plus beaux cheveux du monde, blond clair et foncé mêlés de fils bruns. J'ai toujours envie d'y passer la main, d'y frotter ma joue.

Marchant vers nos balles désormais voisines, nous avons détaillé les charmes de Gabriella. Puis Robert a, d'un coup magistral, franchi le ruisseau. J'en ai fait autant, mais je suis parti sur la gauche, en contrebas. Ce n'était pas encore cette fois que j'allais faire le par ! Enfin, sur le green, atteint en trois coups supplémentaires, nous avons pu reprendre notre dialogue, mais discrètement : il faut de la concentration au moment de potter !

– Tu sais que le mari est banquier, qu'il est dans je ne sais combien de conseils d'administration, qu'on parle de lui pour le Comité international de la Croix-Rouge. Si Maurer trouve le Sésame de cette porte-là…

– Pour le moment, moi, j'aimerais bien trouver celui de ce fichu trou !

– Allez, je te le donne !

C'était mon tour. Je me suis tu pour entendre le bruit, voluptueux, que fait la balle en tombant au fond du trou.

# TROU N° 2

Du green N° 1 au départ du N° 2, la pente est assez rude. Occupés de nos chariots, essoufflés, nous nous taisions. Au prétexte de noter son score, en fait pour se reposer, Robert s'est arrêté au milieu de la montée.

– Et toi, combien as-tu fait ?

– Tu peux mettre une croix.

Nous avons laissé nos chariots au bas du dernier ressaut, n'emportant que nos drivers. Robert se servait du sien comme d'une canne. Etait-il donc si fatigué ?

Parvenus près des boules jaunes, nous avons aperçu de nouveau ceux qui nous précédaient. De nouveau, ils étaient à la recherche d'une balle expédiée hors limites, de nouveau nous étions forcés d'attendre. Heureusement, ceux qui auraient dû nous suivre avaient renoncé à prendre le départ, – s'étaient « scratchés », aurait-on dit dans le jargon des initiés, qui est pour moitié dans leur plaisir. Tant qu'à faire d'attendre, autant que ce soit commodément :

nous nous sommes assis sur le banc, notre club entre les genoux.

– Elle ne joue pas aujourd'hui ?

– Si, j'ai vu son nom sur la liste. Mais elle est partie beaucoup plus tôt.

– Aucune chance alors de l'apercevoir ! Tu n'es pas tout triste ?

– On la retrouvera sûrement au club-house.

– Avec qui joue-t-elle ?

– Il m'a semblé qu'elle était seule.

– Seule ? Et tu ne t'es pas précipité pour l'accompagner ?

Il m'a plaisanté encore un moment. J'ai répondu sur le même ton. Ce n'étaient pas les paroles qui comptaient, mais la complicité derrière elles. Heureux simplement d'être ensemble, nous prenions plaisir à ces banalités parce que nous n'en étions pas dupes. Elle faisaient partie de nos rituels. Souvent, elles étaient une halte où nous reposer, comme ce banc où nous étions assis avant de renouer le fil de nos exploits.

Robert avait raison : cette fois, c'est moi qui ai pris un départ fulgurant. Lui, sans rater le sien, n'est arrivé qu'une bonne quarantaine de mètres derrière moi.

Nous sommes retournés vers nos chariots.

– Est-ce qu'on n'a pas dit que Montant aussi s'intéressait à elle ?

– On dit tant de choses ! Mais franchement, je ne crois pas. Et puis j'espère que Gabriella a plus de goût que ça !

– Jaloux ? Inutile : Montant, on ne lui connaît pas de maîtresse.

– En effet. Il y en a même qui prétendent que son goût n'est pas celui des femmes. Sauf de la sienne, à qui il a fait quatre enfants. De toute façon, il est bien trop malin pour afficher ses liaisons. Tu sais qu'il est membre d'un autre club, à soixante kilomètres d'ici.

Ses fredaines, si fredaines il y a, c'est là-bas qu'il doit les faire.

Robert a joué, bien, ma foi ; mais il y avait plus loin des travaux, et sa balle, après de curieux rebonds, et ce qu'il faut bien appeler des hésitations, a fini par y rouler. Quant à la mienne, je l'ai expédiée dans la même direction, mais elle a eu le bon esprit de s'arrêter au bord du terrain encore praticable. Souvent, je parle ainsi de mes balles, comme si elles avaient une volonté propre. Mais c'est qu'on finirait par croire qu'elles en ont une ! Il leur serait si facile parfois de choisir une trajectoire à peine différente, de s'arrêter quelques centimètres plus tôt ou au contraire de rouler quelques mètres plus loin ! Mais non, elles n'en font qu'à leur tête, elles semblent n'avoir été créées, si douces au toucher, si rondes et si plaisantes, si candidement blanches, que pour vous embêter. Rétives, je leur prête ces obscurs desseins ; mais quand elles vont où je veux, je m'en attribue tout le mérite !

Robert a droppé : sa balle est tombée si près de la mienne qu'un moment nous nous sommes demandés si nous allions pouvoir les jouer dans cette position. Puis, comme aimantées l'une par l'autre, elles se sont retrouvées côte à côte une centaine de mètres plus loin.

– S'il savait qu'on l'appelle toujours Montant tout court, avec la peine qu'il se donne pour préciser chaque fois « Montant-Boismesnil » ! En insistant sur le « Boismesnil ».

– Que veux-tu, c'est son passeport diplomatique. Mais toute la noblesse de sa femme ne parvient pas à masquer la roture de son âme.

Noble, sa femme, certainement, mais insignifiante, ne répondant pas du tout à ce que son prénom royal, Frédérique, et son nom poétique, de Boismesnil, faisaient attendre. Elle semblait avoir été mise au monde pour donner son approbation à tout ce que disait son mari. C'est sans doute de la même façon qu'elle avait dit oui quand il l'avait demandée en mariage. Je n'arrivais pas à imaginer qu'il y ait jamais eu entre eux de l'amour. Mais allez savoir ! Elle sortait d'une famille de la noblesse provinciale, où l'on avait plus d'enfants que de richesse. Lui était fils d'un petit marchand de bois. De là à se prendre pour Julien Sorel, – mais il n'en avait sûrement jamais entendu parler. Quelles études avait-il faites ? Il laissait traîner sur ses débuts un voile que personne n'avait les moyens ou l'impolitesse de soulever. Très tôt, il s'était lancé dans les affaires, aidant d'abord son père, mais avec des visées beaucoup plus ambitieuses. Peu à peu, il avait touché à tout : spéculations immobilières, rachat et revente de petites industries, opérations sur les changes, trafics en tous genres. On lui prêtait encore d'autres activités, douteuses sinon malhonnêtes. Certains lui appliquaient même la fameuse devinette : « Connaissez-vous la différence entre Montant et un escroc ? L'escroc s'est fait prendre ». Je n'en croyais rien, et sans miser kopeck ni maravédis sur son honnêteté, je le pensais assez habile pour circuler toujours au bord du gouffre sans jamais y tomber. Quand il s'était marié, ses comptes en banque contenaient largement de quoi redorer le blason des Boismesnil. Il l'avait redoré, rachetant, après la mort du pater familias, le château ancestral, dont il avait fait sa résidence, somptueuse et courue de tout ce que les environs comptaient de personnes influentes. Car le nom de Boismesnil, qu'il s'était empressé d'ajouter au sien sur ses cartes de visite, lui servait à la fois d'amulette et de laissez-passer. Il ne perdait jamais une occasion de rappeler les grandes alliances de sa femme, sans préciser, bien sûr, que la situation médiocre des Boismesnil les avait depuis longtemps éloignées. Il s'était fait spécialiste en généalogie pour vous informer que Frédérique était une ceci par sa mère, une cela par sa grand-mère, que son oncle avait épousé une de ceci tandis que sa tante était mariée à un von cela. C'était plus fort que moi, je n'arrivais à voir dans cette quête éperdue de respectabilité aristocratique que le désir de servir ses intérêts les plus matériels. Un nom à particule fait tomber bien des obstacles. Je me rappelais Zurich, tout de suite après mes études. Ma logeuse m'avait très fermement prévenu qu'il n'était pas question d'amener dans ma chambre « des femmes ». Puis j'avais fait la connaissance de Helke, et dans l'impossibilité de coucher avec elle en plein air – c'était l'hiver ! – je l'avais invitée chez moi. Quand ma logeuse avait appris qu'elle était baronne et portait un nom connu de la noblesse wurtembergeoise, elle n'avait plus élevé aucune objection. Ainsi Montant-Boismesnil était-il entré successivement au Rotary, au Lion's Club, et dans je ne sais combien d'autres sociétés qui étendaient à l'infini le cercle de ses relations financières autant que sociales. Puis il avait eu l'idée de sa vie : la création de ce golf, sur des terrains pour partie hérités de son père. Le reste, terres agricoles dans une région dont la paysannerie avait presque totalement disparu, il l'avait, avec ses acolytes, obtenu pour moins qu'une bouchée de pain. C'était le temps du boom économique : pour les produits de prestige, il y avait toujours preneur, à n'importe quel prix. L'opération terminée, on avait parlé, pour les premiers investisseurs, de bénéfices allant jusqu'à 400 %. Montant avait échangé sa puissante BMW contre une Maserati encore plus puissante. Puis, tout naturellement et bien que jouant comme une pantoufle, il était devenu président du club. Le directeur qu'il avait choisi n'avait pu, sous peine de perdre sa place, lui refuser un handicap 30.

– A quoi penses-tu ?

C'était à moi de jouer, mais je n'en faisais rien, tout occupé de Montant-Boismesnil. Je n'avais même pas remarqué qu'en une approche parfaite Robert avait amené sa balle à trente centimètres du trou. L'amour-propre me piquait, mais aussi une fureur abstraite contre Montant et ses pareils ; les deux sentiments me donnaient l'envie de me surpasser ! J'hésitai d'abord sur le choix du club. Puis je mesurai longuement des yeux la distance, déterminai la direction avec une précision de géomètre, fis plusieurs fois l'essai de mon coup pour en fixer la force exacte. Enfin je frappai ma balle. Elle s'arrêta à la même distance du trou que celle de Robert, mais de l'autre côté.

– Bravo !

– Ne me félicite pas. C'est à Montant que je le dois.

Je lui expliquai ce qui venait de se passer en moi. Il ne s'en étonna pas, sachant d'expérience que les méandres psychologiques du golfeur sont imprévisibles.

– Est-ce que tu sais au juste pourquoi on l'a débarqué ?

– Pas vraiment.

La dernière saison s'était terminée par une tempête : le directeur avait été congédié, et le président, remplacé. Je n'avais pas eu le temps de m'informer convenablement : le club fermait une semaine plus tard. Dans la vacance qui suit, la plupart des membres se dispersent. Ils vont jouer en Floride, en Tunisie, à la Guadeloupe, en Afrique du Sud. J'avais dû, comme tout le monde, attendre la reprise pour en savoir plus. Certains éléments, cependant, étaient connus depuis longtemps. D'abord, Maurer voulait la place. Il ne pouvait apercevoir à sa portée un poste de premier sans désirer l'occuper. Il lui fallait diriger, que ce fût une société, un régiment, sa famille, un club. Oh ! courtoisement, avec le sourire, mais un sourire qui découvrait des dents de carnassier. Certes, il était vice-président, appelé souvent à fonctionner comme président par intérim, mais « vice » et « intérim » étaient des termes qu'il estimait réservés pour les autres. « Moi qui ai toujours voulu être un homme sans vices », avait-il commenté, le jour de son élection. Le mot avait été colporté comme un trait d'esprit fort piquant. Moi, je me le répétais avec l'accent suisse allemand ; car il prononçait « fices », – et comme il avait quatre filles…

Puis il y avait les rivalités nationales, – faut-il dire ethniques ? Le golf était situé en territoire français, mais la plupart des membres étaient suisses, et les capitaux aussi. Très vite, deux clans s'étaient formés qui, sans aller jusqu'à la guerre, multipliaient les escarmouches. N'y était pas étranger l'obscur complexe d'infériorité des Suisses, renforcé par le complexe de supériorité des Français. Ouvertement, on ne voyait rien de cette rivalité. Chacun jouait avec tous, appliquant avec presque de l'ostentation les règles les plus infimes de l'étiquette. La table d'hôte réunissait les uns et les autres pour des repas qui pouvaient être très cordiaux. Mais en privé… Incarnant jusqu'à la caricature les qualités et les défauts de son pays, Maurer s'était vite imposé comme le chef du parti suisse. Montant-Boismesnil avait pris, ou plutôt toujours occupé, la tête du parti français, d'autant plus soudé qu'il se sentait minorisé dans son propre pays. Ces rivalités me fascinaient : dérisoires tant qu'on voudra, elles me représentaient en grotesque ce que la Serbie et la Croatie, l'Arménie et le Nagorny-Karabakh nous offraient au tragique. Là au milieu, les membres italiens, américains ou japonais tentaient de sauvegarder leur neutralité, quand ils ne prenaient pas parti selon leurs amitiés, leurs préjugés ou leurs intérêts les plus immédiats. Ces luttes expliquaient à elles seules que Maurer, au comité, soit parvenu à trouver assez de voix pour déboulonner Montant. « Il ne faut plus l'appeler Montant, avait commenté quelqu'un, mais Descendant. »

Un point cependant demeurait obscur : pourquoi le directeur avait-il été remercié ? Bien sûr, c'était un ami de Montant, il lui devait sa place. Pourtant, on avait parlé de désaccords : il aurait parfois revendiqué son autonomie…

– L'autonomie de Guitton ? Laisse-moi rire ! Il n'a jamais fait la moitié d'un pas sans l'autorisation de Montant. Je me demande même si ce n'est pas pour ça qu'il s'en va.

– Au moment où le départ de Montant allait lui rendre sa liberté ?

– Vraiment ? Tu crois Maurer plus commode ?

Nous montions vers le green, lentement parce que nous voulions en finir avec cette conversation. Parler en jouant est un des plus sûrs moyens de rater son coup.

Juste au bord du green, Robert s'est arrêté, balançant inconsciemment son putter comme un pendule.

– Selon moi, ils sont encore plus liés qu'il n'y paraît. Pour tout dire, je les crois complices. Les affaires dont on parle, ils y ont participé tous les deux.

– C'est vrai. Mais plus d'une fois, Guitton a pris ses distances.

– Pour mieux donner le change ! Ils se seraient répartis les rôles que ça ne m'étonnerait pas. Montant, c'était celui qui voit large, et puis aussi le fonceur ; Guitton, c'était le prudent, le scrupuleux. Avec ça, ils étaient sûrs de faire passer leurs plans à tous les coups.

– Un Machiavel à deux têtes ? Pourquoi pas ?

Nous étions l'un et l'autre à la même distance du trou. J'ai ôté le drapeau, que j'ai posé doucement par terre un peu plus loin, et j'ai fait signe à Robert de jouer. Puis mon tour est venu. Nous avons l'un et l'autre réussi le par.

– Brillants, que nous sommes !

– Attendons la suite. Comme avec Montant. Parce qu'il reste tout de même au comité. Les autres feront bien de se tenir à carreau.

– Tu crois qu'il va chercher à se venger ?

– Sûrement ! Qui s'y frotte s'y pique. Il n'a pas de cœur, ce type. On a touché à son porte-monnaie, et comme il n'y a que le trèfle qui l'intéresse…

Nous nous sommes mis en route pour gagner le départ du 3. Au moment où nous allions traverser le chemin, une voiturette électrique est arrivée, conduite par Jean-Claude, le caddy-master. Il nous a demandé comment ça marchait. Encore soulevés par notre exploit, nous avons répondu avec entrain. Il nous a fait un grand sourire. Sur le siège à côté de lui, il y avait trois clubs dépareillés. Des fers. A tout hasard, il nous a demandé si l'un d'eux nous appartenait.

## TROU N° 3

Les trois joueurs qui nous précèdent ont dû réussir leur affaire, ou se sont moins attardés que nous à bavarder, ou se sont hâtés pour remettre entre eux et nous une distance convenable : nous les avons perdus de vue. Christa Fassbinder, l'Allemande, Antonio Valdès, l'Espagnol, le Japonais Fumyo Watanabe ; trois pays et deux continents ! Je ne connais pas, dans notre club, de femme plus désagréable que Christa Fassbinder, – sur le parcours. Au club-house, elle peut être souriante, enjouée. Plaisante sans être jolie, intelligente, on bavarde volontiers avec elle. Mais dès qu'elle a un club dans les mains, elle devient capricieuse, pédante, autoritaire. Défense de parler dans un rayon de vingt mètres et dans un délai de deux minutes avant qu'elle ne frappe sa balle. Quand elle rate son coup, ce qui lui arrive souvent, elle en accuse plus ou moins directement ses partenaires. Ou bien elle se lance dans des explications filandreuses, qui vont du soleil qu'elle avait dans les yeux à l'humidité de l'herbe, à moins que le vent ne lui ait chassé une mèche de cheveux devant l'œil gauche. Au contraire, si elle réussit, elle explique avec complaisance le génie dont elle a fait preuve, ne s'étant laissé dérouter ni par la pente trop rapide, ni par la corneille qui a traversé son champ visuel, ni par le claquement de votre briquet. Je n'ai joué avec elle que deux fois. Les deux fois me sont venues des idées homicides : un coup de club bien asséné, par pitié, pour la réduire au silence !

Valdès au contraire est l'homme le plus accommodant du monde, d'une courtoisie irréprochable. Sa conversation n'est pas des plus intéressantes : il a tellement peur de déplaire qu'il évite tous les sujets un peu délicats, et si on l'y entraîne malgré lui, dispose d'innombrables formules pour ne pas se compromettre. Comment, dans son travail de fonctionnaire international, fait-il avancer les affaires ? A moins qu'il ne soit chargé, justement, de ne pas les faire avancer ? Il me pose un autre problème : où, quand on joue si mal, trouve-t-on la force de persévérer si longtemps ? Voilà des années qu'il s'obstine sans parvenir à se défaire de ses défauts. Ou si par hasard il se corrige d'une erreur, c'est pour la remplacer aussitôt par une autre. Il n'a jamais obtenu son handicap et ne l'obtiendra sans doute jamais. Qu'importe, il ne perd rien de sa sérénité, ne se cherche jamais aucune excuse, dit que le jeu le détend, que tout son plaisir est de se promener en si agréable compagnie. On est presque heureux de l'attendre ou de l'aider à retrouver sa balle tant il montre d'affabilité.

De Watanabe, rien à dire, parce qu'il ne dit rien. On a dû l'inventer pour matérialiser le cliché de l'impénétrabilité orientale. Bon, c'est vrai qu'il est mal servi par son français moins que rudimentaire. Tout de même ! Il n'a qu'un souci : progresser. Et il progresse, à une vitesse incroyable. C'est qu'il y met un acharnement ! Un jour que nous jouions ensemble, Werner lui a enseigné un truc. Tout le reste du parcours, il n'a plus cessé, entre ses coups, de répéter ce qu'il venait d'apprendre. A l'arrivée, il maîtrisait sa nouvelle acquisition. Ce jour-là, j'ai cru comprendre mieux les performances de l'industrie japonaise !

Robert s'affairait autour de son chariot, soudain tombé en panne. Je nous voyais déjà obligés d'interrompre notre partie, quand il s'est relevé :

– Ce n'était qu'un mauvais contact. Il faudra que j'en parle à Jean-Claude.

Nous nous sommes remis en marche.

– Tu y crois, toi, à ces malversations ?

– Pourquoi pas ? Mais elles seront difficiles à prouver.

On accusait Montant, non pas d'avoir puisé dans la caisse, non, il était trop avisé pour cela, mais d'avoir, au moyen de fausses factures, de transferts complexes, d'adroits jeux d'écriture, détourné vers sa poche des fonds d'une importance certaine.

– Mais comment en connaître le Montant ? disait Robert, qui ne détestait pas le calembour.

– C'est aussi le roi du pot-de-vin. Et tu sais comme moi qu'une fois le contenu avalé, on ne retrouve que rarement le récipient.

Nous étions presque au départ du 3.

– Encore une question, avant de tenter le coup de ma vie : crois-tu que ceux qui lui succèdent veulent seulement empocher les bénéfices à sa place ?

– Maurer, sans doute pas. Quant à ceux qui l'entourent… Mais tu devrais le savoir mieux que moi. Tu es dans la place depuis bien plus longtemps, tu connais tout le monde…

– C'est vrai. Mais tout le monde ne parle pas. Ceux qui savent ne disent pas tout ce qu'ils savent. Et puis il y a tous ceux qui ne savent rien, ou pas grand-chose, et qui inventent.

« Le coup de ma vie », avait dit Robert. J'y pensais aussi… Le trou N° 3 était un des plus courts, et des plus faciles. Chaque fois qu'on y arrivait, on se mettait à rêver du fameux « trou-en-un ». Je l'avais d'ailleurs réussi l'année précédente, un jour glacé de novembre où je jouais seul. Comme je suis modeste, – parfaitement ! – je n'en avais parlé à personne, même pas à Robert. Et puis, a beau mentir qui joue tout seul ! Pourtant, on savait bien qu'à ce jeu le hasard fait parfois des tours de magie : le jour où ma balle, comme un galet lancé par un enfant, avait ricoché sur les eaux du lac… Mais ce jour-là, j'avais un témoin. Ma réussite resterait-elle un singleton dans ma carrière de golfeur ? Ma main tremblait un peu en enfonçant le tee surmonté de sa balle…

Eh bien, non, ce ne serait pas encore pour cette fois ! La longueur était à peu près correcte, mais j'ai dévié sur la gauche ; après quelques rebonds capricieux, ma balle a roulé au fond d'un bunker. Je dévie souvent sur la gauche. Robert prétend qu'avec mes opinions politiques ce n'est pas étonnant. Lui, c'est plutôt vers la droite qu'il dévie. Dois-je en conclure quelque chose à propos du parti radical, auquel il appartient ? Comme Maurer, du reste, – qu'il n'aime pas beaucoup, même s'il lui reconnaît l'honnêteté. Ennuyeuse et relative, ne manque-t-il jamais d'ajouter. Ennuyeuse parce qu'on a l'impression qu'elle est moins un choix qu'une routine. Relative parce qu'elle s'accommode très bien de toutes les saletés que la loi autorise.

Sur ce départ du 3, Robert m'a presque agacé. Il n'en finissait pas de prendre des repères, plusieurs fois il a déplacé sa balle, jugeant qu'il avait trop enfoncé le tee ou pas assez, il a changé trois fois de club. Lui qui souvent a l'air de prendre les choses à la légère, quand il joue se laisse aller à des attitudes qui confinent à la manie. Si on le lui fait remarquer, il se dépêche d'en rire ; mais avant, quel sérieux ! Le golf vaut la voiture : club ou volant en main, l'individu se dénude. Moi, sur le parcours, c'est mon pessimisme qui éclate : avec cette balle vicieuse, le pire est toujours sûr ! Ces comportements nous fournissent thème et variations pour accompagner le whisky que nous buvons après notre partie, quand nous ne lui préférons pas « un coup de beaujolais ».

Robert, donc, a pris tout son temps. Mais quand il a frappé, j'ai vu tout de suite la perfection du coup. La balle s'est élevée en une courbe harmonieuse, est retombée à l'entrée du green, a roulé une dizaine de mètres… j'ai entendu le bruit qu'elle a fait en heurtant la hampe du drapeau. Robert venait de réussir un « hole-in-one » ! J'ai crié : « Nom d'un chien ! » puis : « Bravo ! » – mais je crois bien que juste avant j'ai eu le temps d'avoir un mouvement de jalousie ! Quant à Robert, appuyé sur son club, fixant à cent cinquante mètres le trou comme s'il craignait de voir sa balle en ressortir, il répétait mécaniquement : « C'est pas vrai, c'est pas vrai ! »

– Ça va te coûter cher.

Après un tel exploit, l'usage est en effet d'offrir le champagne à tout le monde.

– Pour un coup pareil, je donne volontiers quelques billets. Pas toi ?

Si je ne connaissais pas Robert depuis tant d'années, j'aurais pu voir dans les derniers mots une moquerie, presque une provocation ! Mais non, il me prenait seulement à témoin de son bonheur, et je le comprenais, ce bonheur, puisque je l'avais éprouvé moi-même. Seulement, voilà, lui, justement, il avait un témoin. Son exploit serait enregistré, on en parlerait longtemps, peut-être même qu'un jour, comme je l'avais vu ailleurs, une plaque gravée : « Robert Malledieu – N° 3 – 21 mars 1992 » décorerait le salon du club-house.

C'est discutant de ces perspectives exaltantes que nous avons marché vers le bunker où je m'étais ensablé. Il m'a fallu trois coups pour en sortir. Les deux premiers, trop faibles, ont envoyé la balle sur la pente herbue, d'où elle est gentiment redescendue dans le sable. Le troisième, trop fort, l'a expédiée de l'autre côté du green, d'où j'ai eu, de nouveau, beaucoup de peine à la ramener. Au septième coup seulement, elle a rejoint celle de Robert au fond du trou !

– Dis la vérité, je t'ai démoralisé.

– Certainement.

Je ne plaisantais pas. Trop de réussite chez mes partenaires ne me poussait pas, comme d'autres, à me surpasser. Au contraire, et mieux ils jouaient, plus je jouais mal. C'est pourquoi j'avais toujours préféré les jeux solitaires, patiences, mots croisés, à la rigueur problèmes d'échecs, parce qu'alors je ne jouais que contre moi-même ; et contre moi, j'avais toutes les audaces, toutes les énergies. Ainsi de mon métier : mes enquêtes, bien qu'engageant beaucoup de collaborations, c'était en fin de compte moi seul qui les menais. Echouer contre soi portait un coup, sans doute, à l'intelligence, mais laissait tranquille l'amour-propre... Dans ce refus de me mesurer directement aux autres, une seule exception : le bridge. Parce qu'en cas de défaite je pouvais toujours mettre la faute sur le dos de mon partenaire ? Nullement. Au bridge, je ne me soucie ni de défaite ni de victoire, mais seulement de réfléchir, de combiner mes coups, de percer à jour les astuces de mes adversaires. Comme dans mes enquêtes, en somme...

A la descente, son chariot, assez lourd, avait tendance à entraîner Robert. Cela rendait la conversation difficile, mais n'empêchait pourtant pas Robert de commenter son coup, de m'expliquer comment il l'avait préparé, et qu'il l'avait senti, et que de loin il avait, du regard, magnétisé sa balle... Puis il éclatait de rire :

– C'est le dieu Hasard qui devrait payer le champagne !

Nous sommes arrivés à la fontaine, près de la maisonnette en bois. Il ne faisait pas très chaud ; pourtant, j'avais soif. J'ai ouvert le robinet, penché la tête de côté... Le jet, trop fort, a rejailli sur mes lèvres, m'éclaboussant le visage. Puis j'ai voulu arrêter l'eau. Mais ce robinet tourne à l'envers des autres : je me suis aspergé de la tête aux pieds. Robert n'en finissait pas de rire. Alors, sans réussir à savoir pourquoi, j'ai soudain pensé à Marcel Proust...

Sur le chemin, la marche était plus égale. Enfin calmé, Robert m'a demandé :

– Crois-tu que l'affaire soit tout à fait réglée ?

– Pour l'essentiel, sûrement. Mais il y aura encore des remous.

– Qu'est-ce que Montant peut bien faire ?

– Il ne manque pas d'appuis : copains et coquins... Je ne voudrais pas être à la place de Maurer : il va lui rendre la vie difficile, crois-moi.

– Tant mieux ! Et puis je t'avoue que je trouve ces petites intrigues assez divertissantes.

– Moi aussi, pour autant que le club n'en souffre pas.

Nous étions arrivés au départ du 4. Mais le trio qui nous précédait, ayant sans doute de nouveau égaré des balles, n'était pas bien éloigné. De nouveau, il fallait attendre.

– Tu crains vraiment des conséquences ?

– Pourquoi pas ? Je connais mal Montant, mais derrière son aménité de surface, je suspecte des passions assez rudes. Tu as remarqué son incroyable mémoire ? Dans son cas, mémoire égale aussi rancune.

– Bon, il va s'en prendre à Maurer. Pour moi, que ce soit le requin noir ou le requin bleu qui gagne...

– D'accord. Mais si pour avoir la peau de Maurer, il faut casser la baraque ? Rappelle-toi

Widmer, la *Schadenfreude*, ou si tu préfères, le côté *Götterdämmerung*.

Les leçons d'allemand de Widmer… En quatre ans de répétitions forcenées, il nous avait farci la cervelle de formules inoubliables. Elles revenaient souvent entre Robert et moi, comme des mots de passe. Elles nous faisaient rire, et, d'une certaine façon, nous retenaient de vieillir trop vite.

– Excuse-moi, mais pour un tel crépuscule, il me faudrait d'autres dieux que Maurer et Montant ! D'ailleurs, je crois ce dernier trop malin pour se nuire si peu que ce soit.

– Tu as probablement raison. Mais la passion, quand elle explose… J'en ai vu de plus malins que lui s'aveugler et tout perdre en croyant tout gagner.

– Affaire à suivre…

Le trio était enfin parvenu sur le green. Mais Christa Fassbinder avait dû envoyer sa balle trop loin, puisqu'elle s'enfonçait maintenant dans le petit bois. Les deux autres, ayant enlevé le drapeau, prenaient tout leur temps pour potter. On voyait Valdès courir de côté et d'autre, Watanabe s'accroupir…

Comme ils étaient assez loin, Robert a planté son tee, surmonté cette fois d'une balle orange. Derrière le rideau d'arbres, j'ai vu passer Jean-Claude.

# TROU N° 4

C'est, officiellement, le plus difficile du parcours. Des arbres le bordent des deux côtés, entre lesquels le passage est assez étroit. A gauche, un ravin profond, où sous les feuilles mortes d'automnes immémoriaux noircissent et se craquellent des dizaines de balles perdues. A droite, au pied des troncs, un terrain tourmenté plein de trous invisibles qui avalent les balles comme les lézards gobent les mouches. Une seule consolation : si on tire assez loin à droite, on arrive sous des pruniers qui, à la bonne saison, croulent de fruits. Là, j'ai vu des joueurs se laisser dépasser pour se gorger de prunes à loisir. La plupart ne repartent pas sans une provision. Moi-même… Cependant, au mois de mars, inutile de tirer pour des prunes puisque aux branches on ne voit même pas la promesse des fleurs.

C'est ce qu'a dû se dire Robert, qui a magnifiquement envoyé sa balle à plus de cent cinquante mètres. Mais cette fois je ne me suis pas laissé impressionner, et ma balle est allée se poser à quelques mètres de la sienne. Nous nous sommes mis en marche tranquillement, nous expliquant mutuellement, à coups de termes techniques, les raisons de notre réussite. Robert, dans cet exercice, est un virtuose. Depuis deux ans que je l'écoute, il m'arrive encore de m'y laisser prendre. Jusqu'à l'éclat de rire final, où il m'avoue qu'il ne croit pas un mot de ce qu'il m'a raconté, qu'il ne connaît même pas exactement le sens de certaines expressions. Il fait parfois son numéro au club-house. Les novices l'écoutent avec admiration, les plus expérimentés, par politesse, n'osent pas le contredire. Il en tire ensuite de brillantes variations sur la bêtise et la lâcheté de nos congénères. J'aime assez, dans ces occurrences, lui servir de partenaire.

Nous étions arrivés près de nos balles et Robert allait frapper la sienne, quand nous avons vu Christa Fassbinder ressortir du bois en courant. Elle criait, agitait les bras, on aurait dit que Valdès et Watanabe essayaient de la calmer. Puis ils se sont tournés vers nous, et se sont mis à nous héler, avec de grands gestes. Abandonnant nos chariots, nous avons couru vers eux.

Christa Fassbinder répétait : « Je vous dis qu'elle est morte, je vous dis qu'elle est morte ». Elle s'étreignait les mains, se les passait violemment sur la figure, serrait ses coudes contre ses flancs comme quand on grelotte, elle bégayait, en pleine crise de nerfs. Valdès lui répétait : « Calmez-vous, ce n'est rien, calmez-vous ». Puis se tournant vers moi :

– Nous vous avons appelé parce qu'au fond c'est vous que ça regarde. Vous avez plus d'expérience que nous de ces sortes d'affaires, je suppose.

– Mais enfin, que se passe-t-il ?

– Madame Gabriella Contini, vous la connaissez, naturellement ? Elle est là, dans le bois. Et Madame prétend qu'elle est morte.

Un réflexe professionnel m'a fait regarder ma montre : 10 h 13.

– Vous vous en êtes assurée ?

– Mon Dieu, non ! Je n'ai rien touché. C'est trop affreux. Mais elle est morte, j'en suis sûre.

Watanabe nous regardait tour à tour, avec un visage tellement inexpressif que je me suis demandé s'il comprenait ce que nous disions.

– Allons voir.

– Moi, je reste avec Madame. D'ailleurs, vous n'avez pas besoin de nous.

– Moi, je viens, a dit Robert.

Nous sommes entrés dans le bois, encombré de buissons et de ronces qui gênaient la vue autant que le passage. Mais un peu plus loin, il y avait comme une minuscule clairière. Au milieu, une femme était étendue sur le dos, à moitié dévêtue, jambes écartées, la droite à demi repliée. Trois détails m'ont frappé, sans rapport l'un avec l'autre. D'abord, la touffe pubienne, tellement noire chez une femme si blonde. Puis les fourmis et les mouches, et même un lézard qui couraient sur le corps, semblant indiquer que la mort n'était pas toute récente. Enfin, pas très loin de la tête, une balle de golf, sans doute celle de Christa Fassbinder, que, dans son trouble, elle n'avait pas vue, ou n'avait pas eu le courage de ramasser. A quelque distance, on avait jeté le pantalon et le slip en dentelle souillé de terre. Les analyses diraient si la victime avait été violée. Mais on pouvait aussi avoir camouflé l'assassinat en crime sexuel.

J'ai demandé à Robert de ne pas trop s'approcher, pour ne pas effacer certaines traces peut-être précieuses. La cause de la mort était évidente : un coup qui avait défoncé la tempe gauche, probablement donné avec un club, certainement un fer. Un de ceux qui se trouvaient sur la voiture de Jean-Claude ? Même collés par le sang, les beaux cheveux blonds gardaient leurs ondulations. Le visage, posé sur la joue droite, avait l'air paisible, malgré la blessure, profonde. J'avais tendance à en conclure que la victime connaissait son meurtrier, – mais j'avais aussi tendance à me méfier des conclusions rapides ! Qu'est-ce qui l'emportait en moi, de la curiosité professionnelle, de la tristesse, peut-être du dépit ? Autant me l'avouer, j'avais été vaguement amoureux de Gabriella. En tout cas, je l'avais désirée, plus d'une fois. Et j'avais cru percevoir qu'elle ne me trouvait pas tout à fait inintéressant. Il est vrai qu'elle s'intéressait beaucoup aux hommes, à beaucoup d'hommes, en tout cas. M'avait retenu ce qui avait retenu Robert d'approcher Valérie. Nous connaissions tous deux ce médecin qui, ayant épousé une fille de cinquante ans plus jeune que lui, s'était, quelques années, littéralement essoufflé à courir derrière elle, et que maintenant elle poussait dans une chaise roulante. Ou plutôt qu'elle faisait pousser, car disposant de sa fortune elle l'avait mis dans les mains d'une gouvernante, ce qui lui permettait de fréquenter sans trêve et sans encombre les clubs de golf, les stations de sports d'hiver et les plages à la mode, d'où l'on peut espérer qu'elle lui téléphonait au moins de temps en temps pour prendre de ses nouvelles. Maintenant que Gabriella ne pourrait plus être ma maîtresse, je regrettais qu'elle ne l'ait pas été. Qui pouvait bien avoir intérêt à la tuer ? Qui avait eu le courage d'ôter du monde un tel objet de beauté, puisqu'un objet de beauté est une joie pour toujours ? Car elle était belle, Gabriella, d'une beauté triomphante, mais avec tant de grâce, tant de naturel que même les femmes ne lui mesuraient pas les éloges. Il lui suffisait d'un sourire pour séduire. Ceux mêmes qu'elle écartait n'arrivaient pas à lui en vouloir. Cependant, je savais bien que pour tuer point n'est besoin de la haine : la fureur d'un instant suffit, une folie subite, rien en somme, sinon ce brusque désir de supprimer un obstacle, comme on pousse du pied, sur le bord du chemin, un caillou qui gêne.

Et puis zut, cela ne me regardait pas ! J'avais un jour de congé, un jour ensoleillé de premier printemps, j'étais venu faire un parcours avec mon ami Robert, après notre partie nous prendrions un verre, peut-être deux, et peut-être que nous mangerions ensemble au club-house, poursuivant, autour d'une bouteille de saint-estèphe, nos discussions de toujours, sur l'amour, sur l'art, sur la religion, sur la littérature. De plus, j'étais ici en terre étrangère, dépourvu de droits. Et puis je n'avais été témoin de rien, je n'étais même pas celui qui avait découvert le cadavre. Le plus urgent était de prévenir la police locale. On me poserait deux ou trois questions, et puis on me ficherait la paix.

Mais non, la paix, je savais bien que je n'allais pas la retrouver si facilement. Les crimes, pour moi, c'était comme les problèmes de bridge : je ne pouvais pas en détacher mon esprit tant que je n'avais pas trouvé la solution. Souvent, pourtant, j'y étais bien forcé, parce qu'à la différence du bridge il manquait trop d'éléments. Mais je ne reconnaissais mon impuissance qu'après des semaines. Et l'affaire, même une fois abandonnée, me revenait souvent, quelquefois des années plus tard, toujours comme un défi, parfois comme un remords. La tempe défoncée de Gabriella, je le sentais bien, allait m'habiter longtemps.

J'avais dû m'oublier un peu dans ces réflexions parce que j'ai entendu Robert dire tout à coup :

– Bon, maintenant, qu'est-ce qu'on fait ?

– D'abord, on s'en va d'ici.

Nous sommes ressortis du petit bois. Christa Fassbinder ne disait plus rien, mais elle avait toujours les mêmes mouvements convulsifs. Soudain, elle nous a vus.

– Alors ? a-t-elle demandé, alors ?

– Vous aviez raison : Madame Contini est morte.

Elle s'est remise à entremêler cris et gémissements, au point que Valdès, malgré toute sa réserve, n'a pu s'empêcher de lui prendre les deux bras pour la calmer.

– Il faut avertir les autorités, n'est-ce pas ? a-t-il ajouté à mon adresse.

Je n'avais pas envie de m'en charger. D'abord, cela signifiait l'interruption définitive de notre partie. Puis je voulais rester à l'écart de cette affaire autant qu'il m'était possible.

– Je suggère que Monsieur Watanabe s'en occupe.

Il me semblait qu'il le ferait avec l'impassibilité souhaitable. Inutile d'ameuter tout le monde : les remous viendraient toujours assez tôt. Je lui ai rapidement expliqué ce qu'il fallait faire. Il m'a écouté sans rien dire, mais j'ai eu l'impression que pareil à une bande magnétique il enregistrait chacun de mes mots avec son inflexion. A peine avais-je fini qu'il s'est mis en route d'un petit pas rapide, son sac en travers du dos.

– Moi, je vais rester là, en compagnie de Madame Fassbinder. On ne peut pas la laisser seule.

– Vous avez raison. Mais je vous conseillerais de vous éloigner un peu. Jusqu'à l'arrivée des enquêteurs, il vaudrait mieux ne pas attirer l'attention sur cet endroit. A votre place, je remonterais vers la maisonnette. Il y a un banc, vous pourriez vous asseoir, cela aurait l'air tout à fait naturel.

– Si j'arrive à persuader Madame… Et vous, qu'est-ce que vous allez faire ?

– Continuer notre partie, j'imagine.

– Vous avez du courage !

– Vous savez, dans mon métier…

– Eh bien, alors, bon parcours !

La courtoisie de Valdès était décidément impeccable.

Il fallait d'abord récupérer nos chariots abandonnés et nos deux balles si bien jouées, mais qui, malheureusement, n'iraient pas plus loin sur ce trou-là. Ce qui n'avait aucune importance, d'ailleurs, puisque avec Robert, délicatesse, crainte du ridicule ou détachement véritable, nous n'attachions aucune importance à nos scores et prétendions viser exclusivement le plaisir de jouer ensemble. Ce qui, bien entendu, ne nous empêchait pas de tenir registre de nos performances, comme il apparaissait bien au cours de nos discussions d'après-partie, quand nous pouvions commenter à n'en plus finir chacun de nos coups, saluer nos réussites, trouver mille excuses à nos ratages.

Balles et chariots retrouvés, nous avons coupé en direction du départ N° 5, passant sous les pruniers, où j'ai noté l'éclosion à peine visible des premières feuilles.

Sous ces arbres, Robert s'est arrêté. J'ai senti qu'il hésitait. Enfin, il a dit :

– Tu veux vraiment continuer ?

– Bien sûr !

– Même après ce que nous avons vu ?

– Qu'est-ce que nous avons vu ? Un cadavre ? Et alors ? Tu ne veux tout de même pas que j'en devienne un moi-même à cause de lui !

– Ne joue pas au cynique, tu sais bien qu'avec moi ça ne prend pas.

– Cynique, moi ? Pendant que nous venions de là-bas jusqu'ici, combien d'hommes sont morts, au Soudan de la faim, en Inde de la misère, de la dictature au Togo, de la connerie ethnique en Bosnie, du sida un peu partout ? Est-ce qu'ils t'ont empêché de prendre ton plaisir ? Et quand je dis toi… D'accord, on en parle. On les voit même à la TV, mais si vite qu'on n'a pour ainsi dire pas le temps de s'apitoyer. Excuse le calembour, mais ce sont des morts sans en avoir l'r, c'est-à-dire des mots.

– Là, tu pousses un peu !

– A peine. Comme toi, Gabriella, je l'aimais mieux au club-house, bien coiffée, bien maquillée, bien habillée. Mais d'arrêter notre partie ne la fera pas revenir.

– Argument commode ! Ainsi, sur les malheurs et les ruines, chacun poursuit sa petite vie...

– Mais oui, mon vieux ! Tu connais un de nos concitoyens qui a renoncé à son entrecôte parce que des enfants de Somalie crèvent de faim ? Tout au plus leur a-t-il envoyé l'argent de la sauce béarnaise, et encore ! Allez, viens. D'ailleurs, tu as besoin de te changer les idées. Et pour ne plus penser, rien de tel que de courir après ces fichues balles.

Nous nous sommes remis en route. J'allais en avant, d'un pas rapide, comme pour entraîner Robert et l'empêcher de réfléchir. Mais moi, je réfléchissais. Des hypothèses, vagues, à peine formulées, me traversaient la tête. La donne était faite, et il y avait un mort, un vrai. La partie allait s'engager. Combien y aurait-il de levées gagnantes ? Et qui les ferait ?

# TROU N° 5

Sur le tee, au moment de la frapper, j'ai vu, à la place de ma balle, le visage de Gabriella. Malgré moi, j'ai suspendu mon mouvement, assez maladroitement pour que Robert s'en étonne. Je lui ai donné une raison quelconque. Heureusement, il n'a pas insisté.

Personne n'a besoin de savoir à quelle profondeur exactement les choses vous atteignent. Très tôt, mes parents m'ont appris à n'offrir au monde qu'une armure sans défaut. Plus tard, j'ai cru me trouver bien de cette protection. Je l'ai patiemment perfectionnée, superposant à la cotte de mailles de l'indifférence affectée la cuirasse de l'ironie. Je sais qu'on me dit froid, distant, cruel même, car si je peux avoir dans mes actes toutes les indulgences, mes paroles, elles, sont souvent meurtrières. Cette réputation me sert doublement : on me fiche généralement la paix, et ceux que j'interroge, par crainte de ma sévérité supposée, m'offrent moins de résistance.

Mais au fond de moi… Si j'avais à tracer mon portrait, je dirais d'abord que je suis sensible, et tendre, – ce qui ferait rire pas mal de monde. La plupart croient que mon métier, où l'on voit en effet beaucoup d'horreurs, m'a mithridatisé, – et je les laisse croire. C'est vrai, les cadavres, aujourd'hui, je n'en détourne plus les yeux avec l'envie de vomir. Mais de là à les trouver tout naturels... Je ne me ferai jamais au spectacle d'un corps sans vie, blafard, où déjà la vermine prolifère, je ne me ferai jamais à l'idée que tous les rêves qui l'habitaient, les souvenirs, les désirs, tout le savoir, tous les projets se sont anéantis d'un coup, comme le texte d'un livre brûlé par la foudre. Et quand c'est le cadavre d'une femme aussi belle que Gabriella, jeune, désirable...

La fureur froide que je connais bien m'a saisi une fois de plus. Elle a dû passer dans mon coup, car j'ai fait là un des plus longs drives de ma brève carrière. Au point que Robert m'a félicité bruyamment, lâchant son chariot pour m'applaudir.

– Eh bien, toi, on peut dire que tu ne te laisses pas troubler longtemps par les laideurs de l'existence !

Je n'ai pas rectifié.

Puis tandis qu'il préparait son propre départ, je me suis détourné, feignant de regarder dans la direction du bosquet où Gabriella était étendue, en réalité parce que des questions me trottaient dans la tête auxquelles il fallait que je réponde. Si elle ne s'était pas méfiée de son agresseur, c'était donc bien qu'elle le connaissait ? Pas forcément. Puisqu'il tenait un club, c'était un joueur comme elle, à la recherche de balles perdues... Ou peut-être voulait-il se dissimuler pour satisfaire un besoin pressant, ignorant sa présence ? De la trouver seule lui avait donné des idées... Mais pourquoi la tuer ? Il pouvait se contenter de l'assommer. C'est peut-être ce qu'il avait voulu faire ; seulement, il avait mal mesuré la force de son coup. Au reste, les violeurs ne frappent pas tellement. Ils étranglent plutôt : serrer le cou empêche les cris. Et puis Gabriella était-elle femme à se faire tuer pour défendre sa vertu ? Sans vouloir noircir sa mémoire, je pensais qu'elle aurait plutôt fait la part du feu… Il ne fallait pas non plus écarter le maniaque sexuel pour qui la violence, jusqu'au meurtre, est partie de son plaisir. Sperme et sang… Je les avais vus trop souvent associés pour ne pas y penser cette fois encore. Si tel était le coupable, on aurait bien du mal à le retrouver. On chercherait quelque rôdeur. Mais les rôdeurs, aujourd'hui, ont des voitures, ne s'arrêtent plus à l'auberge du village, et s'évaporent rapidement parmi les échangeurs d'autoroutes. Encore, si c'était un récidiviste, des empreintes, des analyses du code génétique…

J'étais là, sur un parcours de golf, un club à la main, je voyais à quelque distance le drapeau N° 4 à peine soulevé par le vent léger. En même temps, j'avais l'impression d'assister au travail de ma pensée, scanner, souris d'ordinateur qui balayait des listes de faits, de circonstances, de souvenirs, d'hypothèses, franchissait de grands espaces gris où rien de saillant n'apparaissait, s'arrêtait soudain sur un mot comme écrit en capitales, sur un début d'image, précisant, affinant, hésitant si poursuivre ou revenir en arrière…

L'idée de maniaque sexuel avait amené celle de rôdeur, comme si dans mes disquettes personnelles, malgré toutes les précautions, subsistaient des associations inévitables, des clichés, des préjugés. Pourquoi donc ce maniaque ne serait-il pas un membre du club, et même des plus distingués ? Je savais pourtant que vices et vertus sont la chose du monde la mieux partagée et que l'occasion peut de n'importe qui faire le larron le plus sauvage et le plus inattendu. Dans ce cas, la tâche serait compliquée autrement : on aurait affaire à quelqu'un qui saurait brouiller les pistes, se camoufler…

– Je peux te demander ce que tu fous ?

La jovialité du ton démentait la violence du mot.

Mon scanner s'est arrêté comme si on avait arraché la prise de courant.

– Excuse-moi, je réfléchissais.

– C'est déjà l'enquête qui commence ?

– Pas du tout ! Mais il y a des questions que je ne peux pas ne pas me poser.

Robert n'avait réussi qu'un départ assez moyen. Nous nous sommes mis en marche vers sa balle. Lentement, parce que le 5 – encore un que je n'aime pas beaucoup ! – est tout le long en montée. Montée douce, mais quand il faut tirer son chariot...

– Tu crois que le crime a pu être commis par une femme ?

– Pourquoi pas ? Bien que les femmes répugnent aux crimes sanglants. Est-ce parce qu'elles ont chaque mois la vue de leur propre sang ? Le fait est qu'elles préfèrent des méthodes plus feutrées. L'empoisonnement surtout. Et puis aussi le revolver, parce que quand on appuie sur une gâchette on ne voit pas au juste ce qu'on va provoquer et que les blessures par balle, c'est vrai, en général saignent assez peu. Mais je ne vais pas te faire un cours, ça pourrait te donner des idées !

– Rassure-toi, personne ne me gêne. Même pas toi, puisque nous ne pouvons plus être rivaux pour nous disputer les faveurs de Gabriella.

Tout désabusé qu'il me plaît d'apparaître, j'ai trouvé la plaisanterie inconvenante !

Nous étions arrivés près de la balle de Robert. Mais au lieu de jouer, il a dit, comme si la question l'intriguait vraiment :

– Peut-être aussi que les femmes n'ont pas assez de force ?

– C'est vrai, quoique la fureur... Mais ici, nous avons affaire à des sportives. Crois-moi, à en juger par leurs drives, j'en vois au moins une vingtaine capables d'asséner le coup avec plus d'efficacité que toi et moi. Mais si tu jouais ?

Il a pris son stance lentement, levant plusieurs fois un pied, puis l'autre, pour trouver l'assise correcte. Mais il a raté son coup, arrachant une énorme « escalope » d'herbe et n'envoyant sa balle qu'à quelques mètres.

– Tu vois, cette histoire me trouble. Ça fait deux coups que je joue n'importe comment.

– Ne te cherche pas d'excuse. Tâche plutôt de réussir le coup suivant.

Je le provoquais délibérément : il ne fallait pas le laisser s'enfoncer dans la rumination jusqu'au point d'abandonner la partie. Ce crime nous tiendrait compagnie tout au long du parcours ; mais j'étais bien décidé à ne pas le laisser gâcher notre plaisir.

Nous avons fait les quelques mètres qui nous séparaient de la balle de Robert. Il tenait toujours le même club à la main. Quand il s'en est aperçu, il a hésité, a fait mine d'en changer, s'est ravisé, a repris son stance avec le même soin, la même lenteur. Je m'amusais de pouvoir, à ses gestes, deviner chacune de ses pensées. Ainsi du suspect qu'on interroge et qui, en croisant les doigts, en se passant brusquement une main sur le front, en clignant des yeux, trahit son angoisse ou son insincérité.

Enfin, Robert a joué, et cette fois, il a fait ce que mon prof n'aurait pas manqué d'appeler « un joli coup de golf ».

– Bravo ! ai-je dit. Tu vois que tu avais tort de te décourager.

– Le hasard, mon vieux, le hasard !

Mais la petite lueur qu'il avait dans les yeux contredisait ses paroles.

– Admettons que parmi les femmes du club il y en ait en effet d'assez vigoureuses. Mais pour faire un coup pareil, il faut un mobile.

– On peut toujours en trouver un. D'autant plus que parfois il peut être tout à fait futile. Enfin, à nos yeux…

– Tout de même, pour tuer…

– Détrompe-toi. On assassine pour voler cent francs, ou parce qu'une fille en a embrassé un autre que vous.

– D'accord, mais ici ?

– Tu ne sais pas ce qui cuit dans toutes les marmites. Un mobile ? Si j'étais l'inspecteur Bartel, je te répondrais : « Le cul ou le fric ». Quand il vous dit ça, il donne vraiment l'impression d'énoncer l'alpha et l'oméga de la sagesse. En ajoutant d'ailleurs tout de suite que les deux termes ne sont pas exclusifs l'un de l'autre et que dans bien des cas il faut « prendre en considération le cul *et* le fric ».

– Plutôt réducteur, non ?

– Disons que les mots qu'il emploie escamotent les nuances. Mais ils ont le mérite de la clarté. Au demeurant, bien des affaires lui donnent raison.

Le soleil s'élevait. Dans cette partie du parcours, enserrée entre les arbres, le vent n'arrive pas ; il faisait chaud. Le terrain monte, et le chariot devient plus lourd. Nous sommes allés en silence jusqu'à ma balle. J'ai frappé avec trop de précipitation, ou bien c'est que j'avais la tête ailleurs. Ma balle, cette fois, est partie sur la droite. La pente m'empêchait de voir où elle était allée finir. Probablement, au fond d'un bunker…

– Tiens, ai-je dit en remettant mon club dans mon sac, prends l'exemple de Valérie Bernardy. Tu me contreras si tu veux, mais laisse-moi entamer avec son exemple.

– C'est bien la dernière !…

– Tu vois que tu contres ! Eh bien, permets-moi de surcontrer. D'abord, observe l'alibi qu'elle s'est préparé. On s'inscrit pour jouer, puis, à la dernière minute, on téléphone qu'on ne peut pas venir.

Comme ça, tout le monde vous suppose à des lieues d'ici.

– Oui, mais si on y vient, on se fait remarquer encore plus.

– A condition de se montrer. Il y a plusieurs routes et chemins pour s'approcher du terrain.

– N'empêche, il suffit que quelqu'un croise Valérie : sa Porsche ne passe pas inaperçue.

– Et si elle s'est fait prêter une voiture par son garage ?

– Tu as réponse à tout ! Tu m'énerves, tiens !

– Calme-toi, ça n'en vaut pas la peine. Et puis d'abord, ce que j'ai, ce ne sont pas des réponses, ce sont des questions.

Chaque fois que je parlais de mon métier avec un profane, c'était la même surprise. Il n'imaginait presque rien de ce qui pouvait s'être passé, des moyens que le criminel avait pu mettre en œuvre, des astuces auxquelles il avait parfois recouru. Cette candeur, que d'autres auraient prise pour de la stupidité, je la trouvais plutôt rassurante : elle me prouvait que mes interlocuteurs n'avaient jamais songé à tuer personne. Et surtout pas à dresser les plans du crime parfait. Pour la plupart, ils ne concevaient que le meurtre passionnel, commis sous la pression d'une force incontrôlable, irrésistible. Le reste, c'étaient des histoires de romans policiers, ingénieuses certes, souvent passionnantes, mais dans le fond invraisemblables. Moi, bien sûr, l'expérience m'avait appris autre chose. Et la routine m'avait peu à peu fait établir une liste de questions presque interminable, qu'il fallait poser même quand elles ne pouvaient pas avoir de réponse. Robert m'accusait d'être tordu ; mais là où j'étais, mieux valait un esprit tortueux qu'un esprit naïf. Et puis, pourquoi ne pas le dire ? c'était aussi un jeu. Quand je découvrais une variante nouvelle, même improbable, elle me donnait la même satisfaction qu'au bridge quand je réussissais un coup auquel personne n'avait pensé.

Alors que la balle de Robert se trouvait à l'entrée du green, la mienne était effectivement au fond d'un bunker. Un jour que je demandais à Jacopo comment il s'y prenait pour sortir des bunkers, il m'avait répondu : « Je commence par ne pas y aller ». C'était en effet la technique la plus sûre !

Trois fois, de nouveau, que j'ai dû m'y reprendre ! Robert, lui, a réussi le par. Moi, j'ai renoncé à compter.

Je remettais en place le drapeau quand j'ai dit :

– Tu as raison, Valérie Bernardy ne fait pas un suspect très convaincant.

– Une suspecte, plutôt.

– Si tu veux, mais, j'ignore pourquoi, ça ne se dit pas. Il faudra pourtant bien y venir, maintenant qu'on en est à cheffe et écrivaine. Malheureusement, ces mots nouveaux sont tellement laids, ou ridicules !

– Tu es sûr que ça n'est pas du machisme inconscient ?

– Va savoir !

Nous marchions vers le départ du 6.

– La principale difficulté me paraît être que Valérie ne pouvait pas savoir à quelle heure Gabriella serait à cet endroit, ni même qu'elle y serait. Peu vraisemblable qu'elle soit restée en embuscade…

Robert s'est arrêté, comme s'il s'avisait soudain du plus important :

– Et le mobile, encore une fois, le mobile ? Tu n'en as pas !

– Crois-tu ? As-tu déjà oublié que Maurer l'a quittée pour Gabriella ?

– Crime passionnel, alors ? Impossible ! Pour tuer par amour, il faut aimer. Et tu ne me feras pas croire que Valérie aimait Maurer. Elle était avec lui par intérêt.

– Justement ! Est-ce que tu sais ce qu'elle tirait de lui ? Et tout ce qu'elle espérait encore en tirer ?

– Comme si elle était en peine de se trouver de riches protecteurs !

– Non, bien sûr ; mais elle était peut-être furieuse d'avoir à recommencer tout le travail. Et puis Maurer, c'est un poisson d'une taille qu'on ne rencontre pas tous les jours. En outre, certains prétendaient que les visées de Valérie allaient beaucoup plus loin : elle espérait amener Maurer au divorce et se faire épouser.

– Alors ça, franchement, je ne peux pas y croire ! Qu'est-ce que Maurer avait à y gagner ?

– C'est vrai. Mais il ne faut pas sous-estimer l'obstination de certaines femmes. Et que ne ferait-on pas, à la longue, par lassitude, par gain de paix ?

Robert s'est remis en marche. Après quelques pas, il s'est de nouveau arrêté :

– La preuve qu'il ne voulait pas l'épouser, c'est qu'il l'a quittée pour Gabriella.

– Qui te dit que ce n'est pas le moyen qu'il a imaginé pour se mettre à l'abri ? D'où la rage de Valérie : si près du but, et que tout rate !

Il ne restait que quelques mètres jusqu'au départ du 6. Robert les a parcourus en silence. Je marchais derrière lui. Tout ce que je venais de dire m'apparaissait possible, cohérent. N'empêche, je n'arrivais pas à voir en Valérie une meurtrière plausible.

# TROU N° 6

Sur le 6, on fait les mêmes rêves que sur le 3, parce que le trou est encore plus près du départ. Mais il ne faut pas s'y fier : pour Dieu sait quelles raisons, rien de plus difficile, ici, que d'aller droit au but. Robert, trop long, a fini dans le bunker de gauche, tandis que moi, trop court, je m'échouais dans celui de droite. L'un et l'autre avons lâché le même juron. Oui, je sais, ça ne se fait pas, et quand nous jouons avec les autres, nous nous maîtrisons. Mais seuls, nos âmes de potaches reprennent le dessus !

– Si tu veux une femme capable de faire le coup, ai-je dit soudain, tu as Virginia Fitzwater.

– Capable en tout cas d'asséner le coup !

Et comme chaque fois qu'il est question d'elle, Robert a souri.

Virginia Fitzwater, Anglaise mais née à Genève, est maîtresse d'éducation physique. Tout l'y prédestinait. Grande et solide, elle n'a ni seins ni hanches ni fesses. Comme elle se coupe les cheveux aussi court que possible, que ses traits sont plutôt rudes et qu'elle ne se maquille pas du tout, on la prend, sur le parcours, pour un homme. Sa voix de contralto confirme l'impression. Tout cela composerait, à mes yeux du moins, un personnage bien peu attrayant si Virginia n'avait une conversation tour à tour vive, érudite, drôle, subtile, mordante, irrésistible. Si bien que tout le monde, en même temps, se moque d'elle et la recherche. Il y a entre son apparence et son esprit la même différence qu'entre son sexe et la façon dont elle doit l'éprouver au fond d'elle-même.

Elle vit en concubinage avec une amie. On fait de cette compagne un portrait qui va jusqu'à la caricature. Délicate et coquette, menue et le teint clair, elle aurait l'air d'un Saxe. Personne ne l'a jamais vue en pantalon. Ses toilettes, aussi féminines que possible, viennent des meilleures boutiques. Elle s'acquitte de tous les travaux domestiques avec entrain. Ceux qui ont eu le privilège d'être invités ont pu admirer ses ouvrages de broderie et se sont régalés de sa cuisine. Elle ne vient jamais au golf, affectant (ou éprouvant pour de bon ?) le plus complet dédain pour toutes les activités sportives, mais s'extasiant devant les exploits de sa compagne, dont elle se pense elle-même totalement incapable. Ce ménage existe depuis des années, et rien ne fait présager un divorce prochain. Les observateurs, amusés, retrouvent dans ce couple toutes les habitudes, toutes les attitudes, et jusqu'aux tics, d'un mari et de sa femme.

Mes pensées ont pris un autre cours parce que mon tour est venu de jouer. J'ai toujours de la peine à sortir d'un bunker, mais je ne cesse jamais d'espérer. C'est une des différences entre Robert et moi. Lui se décourage facilement. Il accuse le sort, dit qu'il n'a pas de chance et qu'une fois que la poisse s'est abattue sur vous… Un tel état d'esprit n'améliore pas son jeu, de sorte qu'à un mauvais coup succède souvent un coup encore plus mauvais. Il s'enfonce ainsi peu à peu, avec une espèce de délectation morose. Souvent, ce découragement l'accable jusqu'à la fin de la partie. Je l'ai même vu parfois sur le point d'abandonner. Ce comportement m'étonne, et même, pourquoi ne pas le dire ? m'agace un peu. Si une balle, au lieu de s'arrêter sur le fairway, roule jusque dans le rough, les dieux n'y sont pour rien ; elle n'a pas été bien frappée, voilà tout.

Je dis parfois à Robert : « Mais enfin, si tu avais mené tes affaires avec le même moral, où en serais-tu ? » Il me répond que sur le plan intellectuel c'est tout autre chose. Je le sais bien : dans mes enquêtes, combien de fois ai-je commencé par me tromper ? Quelquefois, c'est l'erreur même qui m'a conduit à la vérité : dans l'affaire Nicolaï, si je n'avais pas d'abord accusé à tort le neveu, je n'aurais jamais découvert la culpabilité de son oncle. Je n'en conclus pas que le meilleur moyen d'approcher un trou soit d'aller d'abord dans un bunker ! Simplement, je refuse de désespérer. Je me suis fait une philosophie naïve mais efficace, *more geometrico.* Axiome 1 : « Un trou s'atteint en plusieurs coups. Tant qu'on n'a pas frappé le dernier… » Axiome 2 : « Un parcours comporte dix-huit trous. Tant que la balle n'est pas entrée dans le dix-huitième… » Et plus je me répète ces deux axiomes, plus je me convaincs qu'un parcours de golf est au fond une image de la vie. Quand Jacqueline m'a quitté pour suivre son fabricant de robinets, j'ai bien cru que la partie, pour moi, était finie. J'ai continué de jouer parce qu'il le fallait, et puis, non, parce que, tout de même, ça ne valait pas d'aller jusqu'au suicide. J'ai bien fait. Oh, je ne dis pas que la suite immédiate de la partie a été brillante ! Mais enfin, peu à peu… Aujourd'hui, je ne regrette rien. Bon, je sais qu'on m'attend aux derniers trous, – devrais-je dire, pascalien : au dernier trou ? – et je m'y attends moi-même. Mais je sais aussi que, quelle que soit la position de ma balle, je m'efforcerai de la jouer le mieux possible.

L'événement m'a donné raison : j'ai fait une sortie de bunker remarquable. Les coups à blanc, cette fois, c'est à Robert que je les ai laissés.

– Qu'est-ce qui t'a fait penser à Virginia Fitzwater ?

– Tu sais bien ce qu'on a raconté !

On n'en parlait qu'à mots couverts, comme si une gêne subsistait chez ces gens qui pourtant trouvaient irrésistibles des films où se trémoussaient des homosexuels grotesques et invraisemblables. C'est que Virginia Fitzwater avait de plus une réputation de coureuse. Certes, sa liaison avec son amie durait depuis des années ; mais elle autorisait tous les écarts. Je m'étonnais de voir s'en étonner des hommes qui au cours d'un quart de siècle de mariage avaient trompé leur femme vingt-cinq fois. C'est qu'entre sexes différents on trouvait normales, bien plus, inévitables, les manœuvres de séduction. Mais qu'une femme, fût-ce allusivement, adresse des douceurs à une autre femme, on le supportait mal. Or Virginia ne s'en privait pas. Comme elle avait une sorte de génie de l'expression, elle donnait à ses compliments des tournures piquantes, qui permettaient toutes les interprétations. Elle ne se contentait d'ailleurs pas que de mots. Elle avait, avec les femmes, le baiser facile et appuyé, le geste frôleur, une certaine façon de leur saisir le bras ou de leur tenir la main un peu plus longtemps que nécessaire.

Tout gibier lui était bon. Je n'en étais pas surpris : les rapports de police révélaient que chez les homosexuels, les hommes surtout, la conquête est un sport et que le nombre des relations, souvent, importe plus que leur qualité. C'est d'ailleurs cette promiscuité qui avait favorisé la propagation du sida. Et la favorisait encore, puisque certains se vantaient de vivre dangereusement, ajoutant que le péril donnait seul à leurs ébats le piment nécessaire.

Pour Virginia, le danger était sans doute inexistant. Prête à se glisser dans n'importe quel lit, elle préférait pourtant celui des jolies femmes. En tout cas, au début de la saison, elle avait assez visiblement jeté son dévolu sur Gabriella. Et celle-ci ne semblait pas avoir dédaigné complètement ses avances. Elles mangeaient à la même table, jouaient souvent ensemble, alors que Virginia avait un handicap bien meilleur que Gabriella, passaient de longs moments à chuchoter dans les fauteuils du bar, quittaient le club en même temps. Cela avait duré quelques semaines. Et puis soudain, plus rien.

– Cette rupture ne prouve que le désaccord. Elle ne nous dit rien sur la nature de leurs relations.

– Tu as raison. Mais dans les deux hypothèses possibles…

Nous étions sur le green, peu pressés de continuer. L'avantage de ce crime, si j'ose dire, c'est qu'il semblait avoir arrêté les parties qui nous suivaient. Le parcours désormais nous appartenait. Nous pouvions nous y attarder à notre guise, y bavarder tant que nous voulions. Je sentais d'ailleurs que nous en aurions besoin !

– Imaginons…

– Oh, pour l'imagination, je te fais confiance !

– Que veux-tu, dans mon métier, la fiction finit souvent par rencontrer la réalité. Imaginons donc qu'après quelques semaines Virginia en vienne à des propositions plus précises. Gabriella, qui ne la recherchait que pour l'agrément de sa compagnie et pensait pouvoir contenir leur relation dans les limites d'une amitié ordinaire, refuse. Et même, devant l'insistance de l'autre, finit par rompre.

– Bon, et alors ? Est-ce qu'il faut tuer tous ceux qui vous refusent quelque chose ? A ce compte-là, j'aurais dû en envoyer plus d'un ad patres !

– Mais pourquoi pas, mon vieux ? Même toi, tu n'es pas à l'abri d'un coup de folie. Quoique, à la réflexion…

– Merci, tu es trop gentil !

– Soyons sérieux. Beaucoup de choses se remplacent. Pas l'être sur lequel on vient de faire cristalliser sa passion.

– Mais tu me disais tout à l'heure que les homos passent volontiers d'un objet à l'autre !

– Bien sûr. Tout de même, certains objets leur importent davantage.

Robert a joué. Notre conversation continuait-elle à le préoccuper ? Ce n'est qu'au troisième coup qu'il s'est assez rapproché du trou pour que je puisse lui dire : « Donné ». Il était tellement déçu qu'en ramassant sa balle il n'a pas songé à me dire, comme c'est l'usage : « Merci ».

Mon tour est venu. Ma balle n'était qu'à vingt centimètres du but. Mais j'en ai tant vu rater, de ces coups tout faits ! Personne ne sait combien je tremble quand c'est à moi d'en réussir un. Et puis, je n'ai jamais aimé la facilité, sottement persuadé qu'elle finit toujours par conduire à l'échec. Produit de mon éducation ? A la différence de certain philosophe, qui d'ailleurs se mettait le doigt dans l'œil jusqu'au coude, jamais je n'ai pu penser que je n'avais pas de surmoi. Bien au contraire, j'en ai un trop fort, qui souvent m'empoisonne l'existence. Et lui, hélas, aucun assassin ne peut m'en débarrasser !

De telles réflexions ne vous affermissent pas le bras. Mon tremblement intérieur passait jusqu'au bout de mes doigts… Puis l'amour-propre s'en mêle, qui vous brouille la vue… J'ai donc pris tout mon temps…

Quand même, à vingt centimètres, il aurait fallu que je sois vraiment nul !

– Bravo ! m'a dit Robert.

Puis, sans transition :

– Tu conclus donc que Gabriella a décliné les offres de Virginia.

– C'est une des hypothèses. L'autre, c'est qu'elle les a acceptées, par goût ou par simple curiosité, je n'en sais rien. Et puis bientôt, elle en a eu assez. Virginia l'a déçue, ou bien elle a jugé que sa curiosité était désormais satisfaite. Dans les deux cas, c'était la rupture.

– Et Virginia ne l'a pas supportée ?

– Voilà, tu as tout compris !

Nous avons quand même fini par ramasser nos balles et par nous mettre en route vers le départ du 7. Robert, absorbé, guidait d'une main distraite son chariot, qui, soudain sorti du chemin, a failli verser. Voulant le retenir, il s'est fait si mal au poignet qu'il en a poussé un cri : « Saloperie d'engin ! » Puis il a ri :

– Nous voilà bien : au lieu de notre maladresse, nous accusons nos machines. Tout de même, j'ai de la peine à te suivre. Tu sais comme moi qu'ici les liaisons, ça va, ça vient. On se prend, on se quitte, quelquefois on se reprend, et, comme dirait Maurer, on n'en fait pas un « fromache ».

– C'est juste. Si chaque abandonné devait massacrer l'abandonnant, les cimetières seraient bientôt trop petits. Mais pour mille qui en prennent leur parti, il y en a un qui ne le prend pas.

Nous passions entre des arbres. Tout près, on apercevait le départ du 7, avec son banc, l'appareil à laver les balles, le torchon, la corbeille à papiers.

– Et puis, je vais te dire : avec les femmes homo, enfin, certaines, il y a un facteur supplémentaire : elles ne supportent pas d'être quittées pour un homme. J'ai connu deux affaires de ce genre : dans l'une, c'est la compagne qui a été tuée ; dans l'autre, l'homme qui s'était permis... Si donc Gabriella commençait à se tourner du côté de Maurer...

– Alors, c'est lui que Virginia aurait mieux fait de supprimer !

– Entièrement d'accord avec toi. Cela dit, je ne fais pas d'elle un vrai suspect. Tout au fond, la forme de son esprit me semble exclure la passion, enfin, cette passion-là, qui procède par bouffées, brusques éruptions. Pas l'autre, profonde, continue, secrète. Si sa compagne de toujours venait à la quitter…

Mais nous étions arrivés près du nouveau départ.

# TROU N° 7

Au départ du 7, j'accomplis un rite : laver ma balle, qu'elle soit sale ou non, et boire un coup. Chaque fois, Robert me plaisante :

– A quoi est-ce que ça sert de laver une balle propre ? Et comment peux-tu avoir soif toujours au même endroit ?

Je me contente de hausser les épaules. J'ai le sens du rituel, que Jacqueline appelait maniaquerie – et qui en est peut-être. C'est que j'ai besoin de me rassurer. Alors, je jalonne ma vie de cérémonials immuables qui sont comme autant de haltes, de reposoirs. On allait, au hasard, le temps s'écoulait, la vie s'enfuyait. Soudain, on fait le geste de toujours – ranger crayons et gommes sur son bureau, feuilleter son agenda, préparer une tasse de café, laver sa balle de golf, – et le temps s'arrête, les choses reprennent leur place, et soi-même au milieu d'elles. Reposoirs… Oui, c'est bien comme une prière à quelque dieu inconnu : « Aide-moi, Seigneur des jours, à ne pas me perdre. Balise mon chemin de tes lumières.

Remplace ma hâte impatiente par ton calme clairvoyant ».

N'idéalisons pas : il entre aussi dans mes rites une bonne part de superstition, dont naturellement, puisque je la reconnais, je pense n'être pas la dupe ! L'enfant croit-il ou ne croit-il pas que le tapis du salon est un bateau à vapeur ? Je suis donc resté un enfant ? Quand je lave ma balle, je ne puis m'empêcher de penser que, propre, elle répondra mieux à mes coups.

A qui oserait-on avouer ces puérilités ? Je ne l'ai jamais fait à personne, même pas à Robert. Pourtant, je suis sûr qu'il a les siennes, – comme tout le monde. Je ne serais même pas étonné que certaines décisions intéressant toute l'humanité aient été prises comme ça, sur un signe dérisoire où l'on a voulu voir un signe du destin. Après tout, les Romains livraient bien bataille parce que les entrailles de tel poulet leur en avaient donné l'ordre !

Nous sommes restés assis un moment sur le banc du départ. Le soleil de printemps brillait en face de nous, du vent passait par instants comme les bouffées d'un grand éventail invisible. Au sommet de la colline, les fermes inscrivaient la géométrie rouge de leurs toits parmi le désordre des arbres. Alangui par la chaleur, je regardais en silence ce paysage, et c'était soudain comme si je m'étais promené dans un des tableaux que j'aimais…

– On y va ? m'a demandé Robert tout d'un coup, et tout d'un coup le cadre de mon tableau s'est cassé, je suis sorti de la toile pour me retrouver assis sur un banc de vrai bois, mes vrais pieds sur de la vraie terre.

– On y va.

Deux drives sans histoire, celui de Robert un peu plus long que le mien, comme il est normal, et nous avons repris nos chariots. On aurait dit que notre courte halte avait accumulé en Robert un trop-plein d'énergie : j'ai dû lui demander de marcher moins vite, parce que le terrain monte un peu.

– Gabriella était juive, n'est-ce pas ? a-t-il dit soudain.

– Pourquoi me demandes-tu ça ?

– Parce que tout d'un coup, Dieu sait pourquoi, j'ai pensé à Fasel. Mais tu ne m'as pas répondu.

– Autant que je sache, Contini est un nom juif. Et avant son mariage, elle s'appelait Modiano. Il me semble que le doute n'est pas permis.

J'ai pensé à tous ceux qui veulent voir dans les Juifs une race immanquablement trahie par le faciès. Gabriella contredisait tous leurs clichés : dans l'Allemagne des années 30, on l'aurait proposée comme prototype de la race aryenne. Je l'ai dit à Robert.

– Que veux-tu, c'est difficile de ne haïr qu'une abstraction, il faut que le Mal soit reconnaissable de loin : le diable doit être cornu et griffu.

– Milton en a pourtant fait un jeune homme séduisant.

– Il a eu raison. Quoique pour moi une jeune femme aurait fait l'affaire encore mieux.

Nous nous sommes amusés de cette démonologie inorthodoxe jusqu'au moment d'arriver près de nos balles.

Le N° 7 est ce que les golfeurs appellent une « patte de chien » : du départ à l'arrivée, le parcours fait un angle. Celui du 7 n'est pas très aigu, assez cependant pour qu'on soit vite dans les décors. Ajoutons des bunkers judicieusement placés (dans les descriptions officielles, les bunkers sont toujours placés judicieusement, – ce qui semble assimiler le joueur à quelque gibier obligé de trouver sa route entre pièges et chausse-trapes). Ajoutons la pente qui précède le green. Pourtant, ce trou généralement me convient. Cette fois encore, mon deuxième coup a envoyé ma balle sur le green alors que celle de Robert est retombée dans un bunker.

– A la limite, Fasel pourrait aussi faire un suspect. Gabriella juive, lui antisémite…

– Il n'est pas si violent !

– Je ne m'y fierais pas. Et puis, il peut y avoir des causes annexes. Comme le rêve chez Freud, le crime peut être surdéterminé.

Ce que Robert ne savait pas, c'est que Victor Fasel était « connu des services de police ». Il avait pourtant toutes les apparences du plus paisible des commerçants, et du plus prospère puisqu'il ne roulait qu'en Jaguar et rebattait toutes les oreilles de ses séjours dans les palaces d'un peu partout. C'étaient ses fréquentations qui l'avaient rendu suspect. Il recevait chez lui tous les nazillons de passage, assistait à l'étranger aux congrès de l'extrême-droite, avait même envisagé la création d'un parti fasciste à Genève. De là à faire de lui un meurtrier… Mais cela m'amuse d'explorer même ce qui m'apparaît tout de suite comme des culs-de-sac : ils ne conduisent nulle part, mais on peut y faire des rencontres… De même, au bridge, des enchères inutiles si, pour finir, on conclut le meilleur contrat.

– Son antisémitisme est tout de même assez discret : il le distille plutôt qu'il ne l'affiche.

– Oui, mais avec une telle persévérance ! Si chacune de ses remarques est presque anodine, leur somme ne l'est pas.

J'essayais de me rappeler ces remarques ; je n'y arrivais pas. C'est qu'elles n'avaient sans doute rien de remarquable. Affaire de ton plus que de contenu. Affaire d'intention. Il adorait raconter des histoires prétendument drôles où les Juifs apparaissaient odieux ou ridicules, précisant toujours qu'il les tenait d'un ami juif. Il les racontait d'ailleurs sans gêne devant les membres juifs du club. Ce qui me frappait, c'était la complaisance de tout le monde : les Juifs ne protestaient pas, et les autres riaient, parfois même en rajoutaient.

Robert était adroitement sorti de son bunker. Nos chariots rangés à l'entrée du chemin qui nous conduirait au N° 8, nous allions lentement vers le green.

– Je me demande bien la raison de son antisémitisme.

– En faut-il vraiment une ? Du moment qu'elles sont toujours irrationnelles, n'importe quoi peut faire l'affaire. Mais dans le cas de Fasel, j'ai ma petite idée. Tu sais qu'il est négociant en tissus. Or la branche est largement occupée par des Juifs, et Fasel n'apprécie pas la concurrence.

– Tu crois vraiment que ça peut suffire ?

– Largement ! Tiens, prends l'antisémitisme de Céline. J'ai toujours pensé qu'il avait peu à voir avec les grands principes, et beaucoup avec les déboires commerciaux de sa mercière de mère.

– Se non è vero…

Nous étions arrivés sur le green. Le moment de redevenir sérieux ! Cela m'était parfois difficile. Je regardais les autres, – ou je me regardais. Un étonnement me venait, puis un rire me secouait par-dedans, à voir ces avocats, ces médecins, ces dirigeants politiques, s'appliquer avec tant de gravité, comme si tout leur avenir en dépendait, à pousser une balle dans un trou. Si toutes nos vacations sont farcesques, celle-ci l'était plus encore que les autres. A peu que le putter ne m'en soit quelquefois tombé de la main !

A d'autres moments, le virus m'infectait sans rémission. Je m'accroupissais, penchais la tête pour apprécier la pente du terrain, balayais du revers de la main les moindres poussières qui pouvaient traîner entre ma balle et le trou, aplanissais les moindres irrégularités du sol, prenais lentement ma position, ajustais mon coup avec des précautions d'horloger, le lâchais comme le chirurgien pratique son incision…

Et voilà, j'avais réussi le par ! Robert était un au-dessus. Glissant notre balle dans la poche, nous sommes repartis vers nos chariots.

– Si tu cherches dans cette direction, dit Robert, Fasel n'a pas le monopole de l'antisémitisme.

Il me rappela les remarques d'un tel, les plaisanteries de tel autre, les insinuations d'un troisième. Ça n'en finissait pas ; à la limite, personne n'était indemne.

Dans certains milieux, le mot juif, comme le mot socialiste, provoquait de véritables réflexes conditionnés. La plupart n'y voyaient sans doute aucune malice. « Quel Juif ! » disait automatiquement Mariano quand on lui citait un trait d'avarice. « Elle a des cuisses de Juive », avait dit devant moi Madame Niederblatt pour décrire la démarche d'une partenaire que pourtant elle appréciait. Pensaient-ils vraiment ce qu'ils disaient, cédaient-ils à des tics de langage ? Si on les avait priés de s'expliquer, quel contenu auraient-ils donné à ce mot : juif ?

Certes, il ne fallait pas confondre Fasel et Madame Niederblatt. Mais la seconde préparait le lit du premier. Je pensais à une expérience que nous faisions, collégiens, au labo de chimie : dans un verre, un liquide contenait en suspension, invisibles, mille grains de je ne sais quelle substance ; il suffisait d'ajouter une goutte d'un autre produit pour que ces grains se rassemblent et aillent former, au fond du verre, une masse compacte. Les remarques désobligeantes sur les Juifs ressemblaient à ces grains. Elles flottaient discrètes, anodines, dans l'air de nos sociétés. Mais des Fasel pouvaient à tout instant survenir et, ajoutant leurs slogans, provoquer le précipité. De quelque manière, les plaisanteries sur les Juifs traçaient le chemin vers les chambres à gaz !

Jean-Claude est repassé près de nous. A la façon dont il nous a salués, j'ai vu qu'il ne savait encore rien – ou alors il cachait bien son jeu ! De son véhicule, les trois fers avaient disparu.

– Pour en revenir à Fasel, tu crois vraiment que…

– Franchement, non. Tu me diras que des anges exterminateurs, il en surgit assez fréquemment. Celui-ci veut débarrasser le monde des prostituées, celui-là, des homosexuels. J'en ai même connu un qui voulait éliminer les rousses. Heureusement, nous avons pu l'arrêter après la deuxième. Mais je ne vois pas Fasel dans ce rôle.

– Il en chargerait plutôt les autres.

– Exactement. Ou alors il faudrait imaginer je ne sais quel coup de folie, peu vraisemblable dans son cas : il tient trop à ses aises. Un crime, et adieu la Jaguar, adieu les palaces !

– Mais tu parlais tout à l'heure de surdétermination.

– C'est vrai. Une passion toute seule, ça se contrôle. Mais un mélange ? Une passion peut servir de catalyseur à une autre. Suppose que Fasel ait fait des propositions à Gabriella.

– Décidément, pour toi, c'est la séductrice universelle !

– Mais oui ! Elle a ce qu'on appelait autrefois du sex-appeal, – à propos, comment l'appelle-t-on aujourd'hui ? Une femme comme Gabriella, pas un homme ne la regarde sans éprouver quelque part un petit déclic.

– Tu as une façon de dire les choses !

– N'aie pas l'esprit mal tourné ! Gabriella attirait, appelait comme dit l'anglais, littéralement. Et pour être un salaud, Fasel n'en est pas moins homme. Donc, il fait des avances à Gabriella. Elle les repousse, et hop ! le mécanisme se déclenche : « C'est bien la Juive ! Avec toute la perversité de sa race. Ils vous séduisent pour mieux vous posséder. Et puis sans doute que moi, chrétien, elle ne me trouve pas assez bon pour elle, qui fait partie de la race élue. Débarrassons le monde de cette engeance. Comme ça, je fais d'une pierre deux coups : je me venge et j'élimine une bête nuisible ». Je ne te dis pas qu'il s'est tenu ce discours exactement dans ces termes. mais pour ce qui est de la substance...

– Reste à savoir s'il a vraiment fait des avances à Gabriella. Sinon, ta belle construction s'écroule.

– Elle peut s'écrouler même sans ça. Je ne dois pas faire de Fasel un coupable simplement parce que je le tiens pour un salaud. D'un autre côté, un excès d'objectivité ne doit pas me conduire à l'innocenter d'emblée.

– Toujours Corneille, en somme !

– Mais non, le débat n'a rien de cornélien ! Franchement, je ne crois pas Fasel coupable. Simplement, ma rage de savoir Gabriella morte, peut-être que j'avais besoin de la passer aussi sur lui. Ça m'arrange, quand je n'ai pas d'estime pour le coupable. Malheureusement, je crains qu'il ne faille trouver quelqu'un d'autre.

– Cherchons.

Nous avons repris nos chariots. Sur le chemin, plat maintenant, ils roulaient plus facilement. Dans le lointain, illuminés par le soleil, on voyait le club-house, comme un petit château, et le clocher bulbeux de l'église.

# TROU N° 8

Près du départ, nous avons rencontré Antoine Boursier, les mains vides, l'air affairé.

– Vous n'avez pas vu par hasard Gabriella Contini ?

– Non, ai-je répondu tout de suite.

Puis, pour empêcher Robert d'intervenir, j'ai ajouté :

– Pourquoi ? Elle est sur le parcours ?

– Oui, mais seule. Ça vous étonne ? En effet, ce n'est pas dans ses habitudes. En tout cas, je suis bien ennuyé. J'avais quelque chose d'important à lui dire, de la part de son mari.

Quand il était contrarié, passaient dans la voix de Boursier des inflexions qui pouvaient faire deviner ses mœurs. Ses gestes aussi surprenaient, soudain un peu trop marqués, trop enveloppants. Mais cela ne durait qu'un instant, si bref que très vite on n'était plus sûr d'avoir rien remarqué.

– Bon, je vous laisse. Si vous la voyez, dites-lui que je la cherche.

– Nous n'y manquerons pas !

Il s'était à peine éloigné que Robert s'exclamait :

– Alors, là, je ne te comprends pas ! Pourquoi ne lui as-tu rien dit ?

– Je n'avais pas envie de foutre en l'air notre partie. Tu l'imagines s'apitoyant, s'indignant, nous demandant des explications ?

– Il t'en demandera quand il connaîtra la vérité !

– Je lui dirai que je n'ai pas voulu l'affoler, que… je trouverai bien quelque chose. Ma vieille expérience me laisse rarement sans atout.

– Tu veux dire que tu mens avec beaucoup de naturel ?

– Oh, mentir… Disons que j'invente des justifications en vue d'une fin qui les dépasse. Pour revenir au grand jour, il faut parfois passer par des tunnels. Mais laissons cela. Et que la partie continue !

Je suis allé placer ma balle entre les deux boules jaunes. Et mon premier coup a été parfait, alors que d'ordinaire je vais me perdre parmi de petits sapins, en bas, à droite. Robert, au contraire, – parce que mon attitude l'avait troublé ? – s'est retrouvé à gauche, au-dessus du chemin. Le golf est décidément l'image de la vie : jours de grâce et de disgrâce se succèdent, vaches maigres et vaches grasses broutent tour à tour l'herbe du rough ou des fairways. Pour moi, le scénario était presque toujours le même. Tout me réussissait, les erreurs mêmes tournaient à mon avantage, les coups manqués ne l'étaient qu'à demi et se rattrapaient aisément. Puis, soudain, plus rien ne marchait : scepticisme, maladresse, découragement se combinaient pour faire tout rater. A tant d'échecs successifs, point d'explication. Certains auraient parlé de destin. Comme si les divinités s'étaient préoccupées, dès l'origine, de fixer l'avenir des peuples et la trajectoire des balles de golf ! Je me contentais de parler de hasard, – ce qui, bien sûr, n'expliquait rien, mais me dispensait, provisoirement, de chercher plus loin.

En tout cas, depuis un moment, j'étais entré dans l'état de grâce, tandis que Robert, lui, traversait la nuit de l'âme.

Avant que nos chemins ne divergent, j'ai encore observé :

– Ce qu'a dit Boursier confirme que le crime a bien eu lieu ce matin. Assez tôt.

– Ceux qui ont vu Gabriella devraient pouvoir préciser l'heure.

– En tout cas, cela réduit le champ des recherches.

– J'aimerais bien pouvoir en dire autant pour ma balle ! a dit Robert en riant.

Nous nous sommes séparés.

De quelle commission tellement urgente Boursier pouvait-il bien être chargé ? Le mari de Gabriella… Je le connaissais à peine. Il jouait au golf, mais rarement, retenu par ses affaires, prétendait-il ; en réalité, m'avait dit Robert, parce qu'il n'y prenait guère de plaisir, étant, au contraire de sa femme, très médiocrement doué. De quelle nature étaient ses relations avec Boursier ? Les affaires, sans doute. Le monde est petit, dit-on communément. Ce n'est pas le monde qui est petit, ce sont les classes et les milieux sociaux qui sont étroits. Au club, presque tous non seulement se connaissaient, mais avaient affaire les uns aux autres. J'étais un des rares outsiders. A table, les conversations m'échappaient pour bonne partie parce qu'on n'arrêtait pas d'évoquer liens familiaux ou relations d'affaires et que la plupart des noms ne me disaient rien. Heureusement, j'avais Robert. Membre du club depuis plusieurs années, il connaissait les détours du sérail. Le terme était approprié, compte tenu de l'importance, dans ce microcosme, des va-et-vient amoureux. A cette différence qu'il y avait plusieurs sultans et, au moins en apparence, point d'eunuques.

Je me suis retourné pour voir où Robert en était de ses recherches. Il m'a fait signe qu'il avait retrouvé sa balle et qu'il allait jouer. Je me suis accroupi, m'abritant derrière mon chariot.

Le mari de Gabriella était banquier. Banque privée, inconnue du grand public, mais qui faisait des affaires florissantes. Peut-être pas toujours d'une blancheur immaculée... Cependant, on n'avait jamais rien prouvé, et d'ailleurs les lois sont à la fois si complexes et si floues qu'entre habileté et illégalité la distinction est souvent impossible. Comme on ne prête qu'aux riches, et Contini l'était immensément, comme on a tendance à lier tous les Italiens de quelque importance à la Mafia, et Contini était un Italien à grande surface, on avait parlé de trafics divers, surtout de blanchiment d'argent sale. Enfin, Contini avait sa part dans beaucoup d'affaires immobilières. Ainsi avait-il été parmi les créateurs du golf, possédant d'ailleurs quelques-uns des terrains sur lesquels on l'avait construit. D'abord actionnaire majoritaire, Robert me disait qu'il s'était peu à peu dégagé. Parce qu'il avait senti le vent tourner ? Son flair était bien connu. Mais peut-être aussi parce que l'affaire, pour lui, n'était pas assez grosse et qu'en ayant mangé la tranche la plus épaisse, il laissait aux autres les miettes. En tout cas, si la justice devait un jour mettre le nez dans ses affaires, il faudrait une escouade d'experts pour y comprendre quelque chose.

Ses affaires sentimentales, quoique tout aussi nombreuses, étaient mieux connues. Quand je dis sentimentales... On le disait doté d'un organe sexuel d'une taille exceptionnelle. Cet organe déclenchait-il des besoins de même dimension, les femmes étaient-elles curieuses d'en faire la connaissance, toujours est-il qu'il collectionnait les aventures. Il trompait régulièrement sa femme avec une maîtresse en titre pour quelque temps, et sa maîtresse avec toutes les filles qui passaient à sa portée. Même ceux qui faisaient profession de morale ne le condamnaient pas, comme s'ils avaient vu dans sa conduite une fatalité de nature. Cette réputation de condottiere du sexe devait le servir. Quelques femmes pourtant parlaient de lui avec dégoût. N'était-ce pas, peut-être, du dépit ?

Quels étaient donc ses rapports avec sa femme ? La plupart tenaient que depuis longtemps il n'y avait plus entre eux qu'un lien purement pratique. La richesse de son mari permettait à Gabriella la vie la plus libre et la plus confortable, accordée à tous ses caprices. La beauté de sa femme, son entregent, ses capacités de maîtresse de maison maintenaient pour Contini une façade de respectabilité et surtout le délivraient de tout souci d'intendance. Ses dîners succulents, ses réceptions fastueuses étaient connus ; ils étaient l'œuvre de Gabriella, qui au charme unissait un goût infaillible, avec lequel elle choisissait aussi bien les fruits et les vins que ses toilettes et les tableaux. Il était impossible que chacun ne soit pas au courant des fredaines de l'autre. C'était donc bien par consentement mutuel que Contini et sa femme ne divorçaient pas. Cela n'aurait pas dû m'étonner : j'avais connu, je connaissais bien d'autres couples semblables au leur. Pourtant, cela m'étonnait : moi, le mariage ne me suffisait pas, je voulais aussi l'amour, et un amour sans partage. Quand j'avais découvert la liaison de Jacqueline, je n'avais pas hésité : ce serait lui ou moi. Elle m'avait préféré son fabricant de robinets. Dommage ! Mais ça m'avait paru de loin préférable à une division du travail côté devoir et côté cœur. Robert m'avait parfois reproché mon intransigeance ; les choses, disait-il, ne sont pas si simples, rien n'est jamais tout noir ou tout blanc. Croyait-il donc que je ne le savais pas, moi que mon métier mettait quotidiennement devant le problème, au fond insoluble, de la culpabilité ? Mais l'amour qu'on me portait, je le voulais pur, entier, unique. J'avais déjà peine à partager avec le passé, où pourtant je n'étais pas. Avec le présent, c'était vraiment impossible.

Robert m'a rejoint.

– Pourquoi n'as-tu pas joué ?

– Je t'attendais. Et puis, je pensais à Contini.

Ma balle est arrivée sur le green, à distance raisonnable du drapeau. Je me suis mis à rêver de réussir un « birdie », un « petit oiseau », c'est-à-dire un coup au-dessous du par. A propos, d'où pouvait bien venir cette expression ? Le trou comparé à un nid, et la balle à un petit oiseau frileux qui s'y niche plus vite que les autres ?

– Bien joué ! a dit Robert. Et alors, Contini ?

– Oh, rien ! Je pensais à lui à cause de Boursier. Mais vraiment je ne le vois pas en train de tuer sa femme. Tout au plus de la détruire à petit feu par ses frasques, – mais il semble qu'elle ait bien résisté.

– Heureusement ! Le monsieur ne mérite pas qu'on meure pour lui. Intelligent tant qu'on voudra, compétent, efficace. Mais gonflé aussi, hâbleur, méprisant. A se demander comment ces divers aspects peuvent coexister. Quand tu travailles avec lui, la finesse et la rapidité de son jugement te sidèrent. Mais quand tu l'entends hors affaires, il parle comme un imbécile vaniteux, aligne les paradoxes absurdes, raconte des histoires sans queue ni tête, multiplie les plaisanteries que personne ne comprend.

– Décidément, tu ne l'aimes pas.

– Ah non, vraiment pas ! Et pour tout te dire, ça ne me déplairait pas qu'il ait fait le coup. Si on pouvait le coincer comme ça !

– N'y compte pas trop.

Robert s'est arrêté, s'est campé à côté de son chariot, comme pour donner plus de poids à ce qu'il allait dire.

– Qui sait ? A mon tour d'être encore plus méfiant que toi. Tu ne vois pas Contini en amoureux ulcéré, d'accord. Et pourtant ? Tu connais la formule : Jusque là, oui, plus loin, non. En acceptant Maurer, Gabriella a peut-être passé les bornes. Et comme disait l'autre, quand on passe les bornes, il n'y a plus de limites.

– Non, ça ne tient pas. Il y aurait déjà eu tant d'occasions!

– C'est vrai, a dit Robert en remettant en marche son chariot. Mais à mon tour d'envisager la surdétermination. Imagine que ses affaires aillent un peu moins bien, qu'il ait aussi, mais oui, pourquoi pas ? des déboires amoureux, que sa surpuissance légendaire soit en train de diminuer. Arrive Maurer, pour lequel, soit dit en passant, tout le monde sait qu'il n'a aucune sympathie, – et c'est une litote ! La goutte fait déborder le vase.

– Et la vase ! Excuse-moi, mais tout cela est en effet assez fangeux. N'empêche, on ne compromet pas toute sa vie pour une femme qu'on n'aime plus, si on l'a jamais aimée.

Nous étions arrivés au bord du green, où se trouvait aussi la balle de Robert, mais mal placée. Tandis que la mienne... Oui, vraiment, je pouvais rêver d'un birdie !

Robert a joué mais obligé de se tenir dans une position très incommode, a raté son affaire. Il lui a fallu encore trois coups pour être à bon port. Moi, je me suis appliqué à la limite de l'application. Je me suis répété tous les conseils qu'on avait jamais pu me donner. Enfin, j'ai frappé, ma balle a roulé, roulé vers le trou, jusqu'au bord... Et quand déjà je croyais entendre le bruit délectable de sa chute, s'est arrêtée, à demi suspendue au-dessus du vide.

– Donné ! a tout de suite crié Robert.

Oui, bien sûr, donné. N'empêche que le birdie ne serait pas encore pour cette fois !

Ma malchance et ses causes nous ont occupés un bon moment tandis que nous marchions, à tout petits pas, vers le départ du 9, relativement éloigné.

– Alors, tu biffes Contini de ta liste ?

– Disons qu'il n'est pas dans le groupe de tête. Mais n'excluons pas d'éventuels faits nouveaux.

– C'est juste, fais-m'y penser, j'en aurai peut-être à t'indiquer.

– Pourquoi pas tout de suite ?

Mais la pente est soudain devenue plus forte ; son chariot a entraîné Robert, qui n'a pas pu me répondre. Quand je l'ai rejoint, il pensait à autre chose.

– Je n'aime pas Contini, m'a-t-il dit, mais je dois reconnaître que son couple avec Gabriella était, à sa façon, une réussite. Cette liberté qu'ils se laissaient l'un à l'autre...

– Ou que l'un prenait et que l'autre était bien obligé de lui laisser !

– Ça a tout de même duré des années. Non, vois-tu, ils avaient réalisé, à leur manière, la fameuse égalité homme-femme, cette utopie.

– Tu n'y crois pas ? Même dans le futur ?

– Ah, ça, le futur, je n'en sais rien ! Mais aujourd'hui... Tiens, un exemple : si un homme emmène une femme à Venise, au Cipriani, c'est une amie très chère qu'il gâte ; si un homme s'y fait emmener par une femme, c'est un maquereau.

La discussion de ce grave problème nous a occupés jusqu'au départ du 9. Elle m'a empêché d'apprendre quels faits nouveaux Robert pouvait bien m'apporter à propos de Contini.

## TROU N° 9

Nous allions donc entamer le dernier trou de l'aller, ce qui nous ramènerait assez près du club-house. Onze heures et demie : Watanabe avait eu plus que le temps de faire sa commission. La police locale devait être prévenue, – peut-être même était-elle arrivée. Est-ce que la nouvelle s'était déjà répandue parmi les membres ? Je connaissais le directeur : il ébruiterait l'affaire le plus tard possible, quand il aurait mis au point une tactique de dégagement. Mais tout se savait ici tellement vite ! Il est si flatteur d'être celui qui détient une information inédite, « a good piece of news », comme dit Virginia Fitzwater, qui a fait du commérage un art. Et puis, je suis payé pour me le rappeler : « Un secret connu d'une seule personne est un secret ; connu de deux... »

Le N° 9 est un des plus décevants. Comme le terrain est en dévers d'un bout à l'autre, on a beau faire, on finit toujours par voir sa balle rouler vers le bas, dans des endroits impossibles. Cette fois pourtant, elle a eu le bon goût de rester où je la souhaitais !

Au moment où je me baissais pour ramasser mon tee, j'ai pensé à Vincent Borgeaud. A une partie que nous avions faite l'année d'avant. Dès le départ, il s'était mis à maugréer, pour je ne sais plus quelle raison, et dès lors n'avait plus cessé. Au N° 9, il était littéralement exaspéré. Il avait d'abord envoyé deux balles dans l'étang. La troisième s'était envolée vers un bouquet d'arbres, où il ne l'avait jamais retrouvée. Alors, il m'avait dit, les dents vraiment serrées : « Bon, ça suffit comme ça, j'arrête », et m'avait quitté sans un au revoir, sans même le merci d'usage à son partenaire. Je ne comprenais pas cette façon de s'emporter à propos d'un jeu, de s'empoisonner la vie avec ce qui devait être un divertissement. Mais chez lui cette fureur venait de déboires plus lointains, d'une rancœur plus profonde.

Avec un tempérament si passionné, avec tant de griefs contre tout le monde, il ferait un coupable parfait ! D'autant plus que, dans le troupeau de ses bêtes noires, Gabriella était une des plus sombres ! Il faudrait que j'en parle à Robert.

Mais d'abord, le laisser frapper sa balle. Ce qu'il a fait cette fois avec maestria. Je l'ai entendu exhaler un soupir de satisfaction. Bon prince, je ne l'en ai pas plaisanté.

Nous avons commencé à marcher vers le club-house. Au sommet de la pente, où l'herbe semblait d'un vert plus tendre, des arbres presque noirs, les murs jaune pâle, les toits bruns, les volets mauves, le clocher gris composaient un tableau qui, je ne sais pourquoi, réveillait en moi des émotions très anciennes. Peu à prendre pour moi dans les géométries d'un certain art moderne. Mais des taches lyriques, des éclaboussures qui ont toutes les profondeurs et la diversité d'un univers, une nature morte où des objets tranquilles parlent de présences absentes, des paysages où je peux me promener, m'enfoncer dans le pays qui est hors du cadre, derrière la toile… C'est tout cela que j'éprouvais devant cette beauté qui venait à ma rencontre. Soudain, la violence, la haine, le crime n'existaient plus. Il n'y avait plus que ce calme, cette sereine douceur. Cela n'avait pas de date, n'était plus dans le temps, durait depuis toujours, pouvait durer toujours…

Je marchais fasciné vers cette beauté accueillante. Et soulevé par une joie paisible, je me répétais : « Qu'as-tu fait pour mériter cette plénitude ? Pourquoi es-tu à ce point privilégié ? »

Ce qui me ramenait à Vincent Borgeaud ! Car c'est aux privilèges justement qu'il en avait, pas les mêmes, il est vrai, que celui auquel je songeais en cette minute. Non, celui-là, il n'y voyait pas un privilège. Je me rappelle, j'avais essayé de lui en parler lors de cette fameuse partie, presque avec une intention thérapeutique, imaginant l'arracher, au moins un instant, à sa mauvaise humeur. « Privilège ? m'avait-il répondu. Pourquoi privilège ? Le monde est à tout le monde. Il suffit d'ouvrir les yeux. Et ce qui me fâche, c'est bien que tout le monde ne puisse pas ouvrir les siens sur ce coin, confisqué par certains pour leur seul agrément. » Je lui avais fait remarquer que n'importe qui pouvait, en se promenant sur la route voisine, jouir pleinement du paysage. « Sur la route, oui, c'est-à-dire à l'extérieur, comme des exclus, comme les pauvres qui, dans le roman que vous connaissez, appuient leur nez aux baies du Grand Hôtel pour regarder les riches se gaver de champagne et de caviar. »

J'étais étonné qu'il me parle si librement : nous nous connaissions assez peu. Peut-être avait-il deviné que je pouvais partager quelques-unes de ses idées, au moins les comprendre. Peut-être pensait-il, à cause de mon métier, que pas plus que lui je n'appartenais à ce monde. Mais aussi, j'avais toujours eu le don de susciter les confidences. Mon visage, paraît-il, inspirait confiance ! En tout cas, il me rendait bien service. La méthode forte m'avait toujours répugné, et même la simple intimidation, ou le chantage. Mes suspects, c'est à la confiance que je les amenais aux aveux. On me dira que c'était seulement une forme plus subtile de chantage, donc plus odieuse. Peut-être. Mais puisqu'il s'agit d'approcher la vérité, autant le faire en douceur.

Au reste, en compagnie des autres membres du club, Borgeaud ne se retenait pas complètement. Sur les sujets de morale ou de politique, c'était plus fort que lui, une remarque ironique lui échappait, une indignation, un sarcasme. Mais il se reprenait vite, tournait même la chose en plaisanterie, soucieux à la fois de marquer ses distances et de ne pas se mettre complètement à l'écart. Mais il se faisait violence, et tant de révoltes ravalées s'accumulaient en lui dangereusement. Il les avait, comme on dit, sur l'estomac, elles lui donnaient des aigreurs.

Que faisait-il donc parmi nous ? Il avait commencé le golf à cause d'une amie. Oh, ça n'avait pas été sans se faire tirer les deux oreilles, – mais enfin sa passion pour elle méritait bien quelques sacrifices. Elle l'avait entraîné dans un club plus snob que le nôtre. Ce qu'il avait pu souffrir ! Se mettre un bâillon, faire le poing dans sa poche, courber l'échine, écraser, il disposait d'un lexique inépuisable pour dire ses humiliations. Mais enfin, l'amour aidait les couleuvres à passer. Et puis l'amour s'en était allé. Mais la passion du golf était restée : il s'était contenté de changer de club. Ici, tout avait recommencé, moins l'amour qui le consolait de ses capitulations.

– Tu te rends compte que tu n'as plus dit un mot depuis au moins cinq minutes ! A quoi peux-tu bien penser ?

– A Vincent Borgeaud.

– Qu'est-ce qu'il vient donc faire ici ?

J'ai dit mon idée, en deux mots.

– Bref, tu vois, la haine des riches, les avanies, la revanche à prendre…

– Excuse-moi, mais là, il me semble que tu fais du Dostoïevski au rabais. Allez, tu ferais mieux de jouer !

Robert avait sans doute raison. N'empêche, Borgeaud m'occupait tellement l'esprit que j'ai à moitié raté mon coup. Pas autant que Robert pourtant, qui a expédié sa balle dans le bunker de droite. Comme moi j'étais parti sur la gauche, de nouveau nous nous sommes séparés. Et c'est Vincent Borgeaud, de nouveau, qui m'a tenu compagnie.

Ses idées, quoi qu'il en dise, n'avaient pas toutes la pureté du diamant. L'idéologie, certes, y tenait sa place ; mais plusieurs, j'en étais sûr, venaient simplement de l'envie. Quand, à table, ces messieurs parlaient de leurs voyages lointains et qu'il devait leur répondre : « Non, je ne suis pas allé là-bas », je lisais sur sa figure qu'il leur en voulait de leur chance et s'en voulait de sa médiocrité. Quand on lui demandait quelle était « sa partie » et qu'il devait répondre « instituteur », je sentais bien que son amour-propre en souffrait, même si, ou peut-être parce qu'il ne manquait jamais d'ajouter que c'était « le plus beau des métiers ». Un jour, il m'avait dit son dégoût qu'un promoteur, un notaire gagnent en un mois des millions alors que lui, chargé d'une tâche bien plus importante, connaissait des problèmes quand venait le moment de régler sa cotisation.

En somme, j'aurais pu éprouver les mêmes sentiments. Mais d'abord, je n'y étais pas porté par ma nature. Nul complexe d'infériorité, chez moi, autant du moins que je pouvais m'en rendre compte. Et puis l'inspecteur de police offre aux autres une image ambiguë. D'une part, c'est un flic, redoutable et méprisable à la fois. D'autre part, la littérature l'a paré de cent qualités enviables, force physique, astuce, pouvoir de séduction, résistance illimitée aux coups et à l'alcool, liberté d'allure et d'expression. De plus, les affaires dont il s'occupe, qu'elles soient sordides ou dramatiques, lui passent une part de leur mystère. Je sentais bien qu'on me croyait détenteur d'un savoir aussi stupéfiant que varié, d'un pouvoir occulte, de secrets ineffables. Tandis qu'un instituteur…

Il ne fallait pas non plus négliger l'amour déçu, bafoué. L'amie de Borgeaud appartenait à ce monde de nantis. Il m'avait bien dit que c'était lui qui l'avait quittée parce qu'à la longue il n'avait plus supporté ses manières d'être et ses préjugés. Mais disait-il la vérité ? Si c'était elle qui l'avait planté là, qui plus est après l'avoir entraîné dans un monde qu'il enviait et méprisait à la fois, et lui avoir inoculé un virus qui faisait sa joie et son tourment ? Il avait été le caprice d'une fille riche, blasée des plaisirs trop faciles que lui offrait son milieu. Ainsi ces touristes descendus dans les hôtels de luxe et qui vont se donner, pendant quelques heures, des sensations nouvelles dans les rues chaudes de villes inconnues. L'amie de Borgeaud, une fois épuisés les charmes de la découverte, était retournée à son Hilton d'origine. Quelle humiliation !

Je brodais sur ce thème tout en cherchant ma balle dans une herbe qui me paraissait décidément trop haute pour mon talent. De l'autre côté du fairway, j'apercevais Robert dans son bunker. Il avait dû donner un coup dans le vide, un « air-shot », car je voyais qu'il se déplaçait un peu et se préparait à frapper une deuxième fois.

Enfin, j'ai retrouvé ma balle. Elle s'était posée sur une petite butte, d'où je l'ai expédiée, sans difficulté, en direction du green. Une fois de plus, j'ai mesuré la vanité des prévisions et que le pire n'est pas toujours sûr, – ni le meilleur non plus ! A ce jeu, comme dans la vie, aucun pas ne détermine absolument le pas suivant, aucune annonce, le contrat final.

La balle de Robert avait dû tomber non loin de la mienne, car nous marchions maintenant dans la même direction. Un jour, Borgeaud m'avait parlé, oh, quelques mots à peine, de Gabriella. « Bien sûr que je l'ai remarquée ! m'avait-il dit. Comment faire autrement ? Elle a tout pour elle. » Dans cette dernière formule, je m'étais demandé ce qui l'emportait, de l'admiration ou du ressentiment. « Du reste, avait-il ajouté, elle ressemble un peu à l'amie dont je vous ai parlé. Je veux dire, c'est le même genre de femme. » Cela signifiait-il qu'il éprouvait pour elle les mêmes sentiments ? Robert me reprocherait encore de rendre la terre entière amoureuse de Gabriella. Mais ce n'était pas à ce sentiment-là que je pensais. Quoique… Non, je pensais à la rancune. Borgeaud avait ressenti une immense désillusion, pourquoi pas ? un vrai chagrin. Naturellement, voulant garder l'avantage, il présentait toute l'affaire comme une aventure sans importance. Mais je n'étais pas obligé de le croire. Il reprochait à cette fille sa richesse. Pourtant, n'était-ce pas aussi, peut-être même d'abord, cette richesse qui l'avait attiré ? N'avait-il pas espéré, inconsciemment, pénétrer par elle dans un autre monde, plus beau, plus varié, plus facile que le sien ? Et puis, pourquoi n'aurait-il pas aimé vraiment cette fille, d'un amour que la distance entre elle et lui rendait pathétique ? Leur liaison avait pris fin, pas leur histoire. Pour ne plus la rencontrer, il avait changé de club. Et voilà qu'il la revoyait constamment repasser devant lui, comme un fantôme, sous les traits de Gabriella. Pourquoi ne haïrait-il pas celle-ci de raviver sa souffrance, d'être le sel sur la plaie qu'il empêche de cicatriser ?

La balle de Robert, qu'un pli de terrain m'avait dissimulée, était en effet à quelques mètres de la mienne. Nous avons joué, lui le premier.

– Eh bien, dis donc, en trois coups sur le green ! Oui, je sais, on est censé y être en deux. Mais pour des amateurs, ce n'est pas mal, non ?

Puis nous nous sommes concentrés... L'application a payé : « bogey », un coup au-dessus du par ! Sur le 9, je ne pouvais pas espérer mieux.

– Tu crois que c'est Borgeaud qui t'a porté chance ? m'a dit Robert, tandis que, l'âme légère, nous retournions vers nos chariots. C'est pourtant pas le type à ça !

– Tu penses donc encore à lui ?

– Oui. Mais franchement, ce que tu m'as dit me paraît tout à fait invraisemblable.

Je lui ai résumé la suite de mes réflexions. A mesure que je parlais, mon idée lui semblait moins absurde.

– Tout de même, pour passer à l'acte...

– Les circonstances, mon vieux, les circonstances ! Dans son cas, j'exclus la préméditation. Encore qu'il ait pu, quelquefois, en voyant Gabriella, avoir des idées de meurtre, comme ça nous arrive à tous, n'est-ce pas ? devant certaines personnes. Suppose maintenant qu'il la rencontre dans ce bosquet, par hasard. Ils échangent quelques mots, elle a une parole malheureuse... On peut imaginer la suite qu'on veut.

– Mais le viol ? Ou même seulement le camouflage ?

– Celui qui perd la tête souvent la retrouve quand il aperçoit les conséquences possibles de son acte. Avec tous ses défauts, Borgeaud est un type intelligent.

– Mais tu ne sais même pas s'il était là ce matin !

– Si, je l'ai aperçu.

## TROU N° 10

Tandis que nous marchions vers le premier départ du retour, j'ai cru voir, du côté du club-house, comme une agitation. Je ne devais pas me montrer si je voulais finir notre partie, maintenant si bien engagée et qui, temps idéal, beaux coups, paysage idyllique, spéculation intellectuelle, amitié, me donnait de si grands plaisirs.

Il y avait pourtant un hic : depuis un moment, j'éprouvais un besoin naturel assez térébrant. Mais pour gagner les toilettes, il fallait longer tout le practice. Je ne manquerais pas d'être aperçu. Allons, stoïque, je me soulagerais dans le prochain bosquet. Avec l'espoir de ne pas y découvrir un nouveau cadavre !

Robert n'a pas compris le chemin que j'empruntais, où des dénivellations, sans nous cacher complètement, nous dissimulaient un peu.

Au départ, il a fallu attendre, parce que nous étions désormais précédés d'un couple. Je me suis assis par terre pour être moins visible. C'est que nous n'en avions pas fini d'attendre : j'avais reconnu Marie Martin et Jacques Desfossés, qui ne jouaient pas trop bien. Ils faisaient l'amusement du club, lui par son nom, tellement approprié, car dans les fossés, il se retrouvait souvent ; elle par sa naïveté, qui la faisait s'extasier sur tout, mais avec tant de grâce ! A plus de soixante ans, ils étaient tombés amoureux l'un de l'autre comme des collégiens. Sur le parcours, quand ils se croyaient seuls, ils se donnaient des baisers furtifs. Lui ne pouvait s'empêcher de lui caresser parfois le bras ou la nuque, elle, de lui prendre la main pour entrecroiser leurs doigts. Beaucoup les jugeaient ridicules, peut-être par dépit de n'avoir jamais connu cette tendresse ou de ne plus en être capables. D'autres, – j'en étais, – les trouvaient plutôt attendrissants et les admiraient d'éprouver encore, à leur âge, des sentiments si ardents et si frais.

– Est-ce que ça n'est pas les tourtereaux que nous avons devant nous ? Si oui, ça promet !

Mais Robert feignait seulement de s'impatienter. Pas plus que moi, il ne résistait aux mille petites rides souriantes de Marie Martin. Et comme moi, il avait de l'admiration pour l'intelligence de Desfossés, du goût pour son esprit, de la sympathie pour toute sa manière d'être, plaisante et modeste.

– En voilà deux en tout cas qu'on ne pourra jamais accuser du meurtre de personne, dit soudain Robert, comme s'il avait suivi ma pensée.

– Malgré mon fameux cynisme, je suis d'accord avec toi.

Desfossés avait remis en place le drapeau et s'éloignait donnant le bras à Marie. Il était temps de nous mettre en route pour gagner des lieux où nous ne risquerions plus de rencontres importunes.

C'était à moi de jouer le premier. Nous affections entre nous de n'attacher aucune importance à l'étiquette golfique, et nous la respections toujours avec la plus parfaite exactitude. Allez y comprendre quelque chose ! Peut-être l'observance stricte de ces règles souvent byzantines accroissait-elle le sentiment de notre mérite, en même temps que les juger dérisoires nous épargnait de tomber dans le pompeux ?

Mon coup est parti admirablement. Le 10 est en pente, et les balles y roulent, interminablement. On se donne ainsi, à bon compte, l'ivresse de driver comme un pro. Robert, lui, n'a pas connu ce plaisir : sa balle est allée finir au milieu des petits arbres voisins de l'étang. Heureusement, elle s'est arrêtée avant de se perdre parmi les roseaux.

Sachant que plus loin nous devrions attendre, nous avons marché plus lentement, malgré la pente.

– A propos, m'a dit soudain Robert, ce matin, j'ai aperçu Wozemski. Encore un qui est lié à l'histoire de Gabriella. Et de plus d'une façon. Tu n'as pas encore pensé à lui ? Ça m'étonne !

– Laisse-moi le temps ! Et puis accorde-moi que passer en revue tous ceux qu'elle a plus ou moins intéressés…

– D'accord. Mais Wozemski, elle a fait plus que l'intéresser.

Pendant deux ans au moins, il avait été son amant. Ils formaient un couple mal assorti, elle grande et belle, lui petit, déjà chauve, ventripotent. Mais il racontait si bien les histoires, avec une touche d'accent russe qui ajoutait à leur pittoresque ! « Vous avez là joli collier », disait-il à sa voisine ; « moi, j'ai connu fabricant de colliers très spéciaux ». Toute la table tendait l'oreille : on allait sûrement être intrigué, instruit, amusé. Qu'y avait-il de vrai dans ces histoires ? L'invention de Wozemski était intarissable. Il savait tout, connaissait tout le monde, était allé partout, avait un avis sur tout. Avec cela, ni dogmatique, ni péremptoire ; mais sa faconde était telle que personne n'y trouvait de réplique. Tant qu'il parlait, on était sous le charme.

Après, on essayait de secouer l'envoûtement. On riait, on disait : « C'est bien du Wozemski ! » et on se croyait quitte. Mais il en restait toujours quelque chose.

– Est-ce qu'on sait pourquoi ils se sont séparés ?

– Probablement par lassitude. Dans tous les domaines, Wozemski est versatile.

Il était « dans les affaires ». Lesquelles exactement, personne ne le savait. Elles englobaient le pétrole aussi bien que les tapis persans, l'immobilier comme l'importation de caviar ou le commerce des éditions de luxe. Une chose au moins semblait sûre : sa fortune était considérable. On lui connaissait grande villa, bateau à voile sur le lac, yacht en Méditerranée, sans parler des voitures somptueuses, dont il changeait comme un autre de complet. Au demeurant, nulle ostentation dans tout cela. Il était riche comme il était chauve, avec un naturel parfait. Si j'avais dû le définir simplement, j'aurais dit qu'il était toujours et partout *à l'aise*.

C'est à cette aisance que tenait sa séduction. Gabriella, comme tant d'autres, n'avait pas résisté à sa parole. Mais peut-être pas non plus à sa richesse, qui rendait possible une inépuisable générosité. A la différence de Valérie Bernardy, elle ne recherchait pas les riches protecteurs : son mari pourvoyait amplement à tous ses besoins. Simplement, habituée au luxe, ses amants devaient pouvoir, avec elle, voyager en première classe, dîner dans des restaurants trois étoiles et descendre dans des palaces. Je repensais à Borgeaud : que ces amours irrégulières se déroulent dans le brocart et dans la soie lui paraissait une circonstance aggravante. Mais il lui suffisait déjà qu'elles fussent irrégulières. Célibataire et menant une vie assez libre, autant que je le savais, il développait volontiers vis-à-vis des autres une espèce de puritanisme. Il dénonçait « l'immoralisme de la classe dirigeante ». L'adultère surtout l'indignait.

« Regardez-moi ces maris et ces femmes : ils changent de partenaires comme de serviettes ! » Il m'avait cité le cas d'une femme qui avait son amant depuis plus de trente ans. « Eh bien, celle-là, vous ne pouvez pas l'accuser d'infidélité ! » « Ne plaisantez pas. Quelle complaisance chez le mari ! On peut imaginer ce que cette absence de morale donne dans d'autres domaines. » Vincent Borgeaud, armé d'un glaive de feu et posté à l'entrée du club pour en interdire l'accès aux pécheresses, parcourant les bosquets pour y détruire les suppôts de Satan ! La vision a dû me faire sourire.

– A quoi penses-tu ? m'a demandé Robert.

– Je te raconterai. Mais joue, sinon, nous n'en finirons jamais.

Rachetant son erreur, il a envoyé sa balle à deux mètres du drapeau. Tandis qu'il remettait son club dans son sac, je lui ai décrit l'ange Borgeaud avec toute la verve dont j'étais capable.

– Décidément, tu ne crois pas à sa culpabilité. Sinon, tu ne prendrais pas les choses à la rigolade.

– Pourquoi pas ? Il faut aussi se détendre.

Les histoires les plus cyniques n'étaient-elles pas celles des médecins ? Ils se soulageaient ainsi de l'angoisse que leur infligeaient la maladie jamais vaincue, la mort toujours présente.

– Et le flic, bien sûr, est dans la même situation !

– Tu en doutes ?

Robert me traitait souvent de flic. Ce n'était qu'une complicité de plus. Mon seul regret était de ne pas avoir l'équivalent pour avocat, même si souvent je l'appelais « cher Maître ». Il y avait bien le terme argotique de « baveux » ; mais il était d'un emploi si rare ! Tandis que flic…

– J'aimerais bien que tu me parles un peu plus de Wozemski.

– Mon pauvre vieux ! Si tous les amants qu'elle a plaqués avaient dû trucider Gabriella, ce n'est pas un coup de club qu'elle aurait reçu, mais cinquante ! Et puis, pour commettre un crime passionnel, il faut prendre l'amour au tragique. Or un type comme Wozemski ne le prend sans doute même pas au sérieux.

– Et s'il y avait d'autres raisons ? Comme dit mon collègue Bartel, « pour l'amour sale, on se débrouille ; mais l'amour-propre ? » Tu connais les circonstances de leur rupture ?

– Pas vraiment. Le bruit a couru que l'initiative en revenait à Gabriella. Attends, tu as raison, il y a autre chose.

– Quoi ?

– Joue d'abord.

Pressé d'être renseigné, je n'ai pas choisi le bon club. Je me suis retrouvé trop court et dans un endroit que je déteste puisque entre lui et le drapeau, il y a un bunker. Le vent était-il en train de tourner ?

– Alors, tes révélations ?

Parler de Wozemski m'évitait de ruminer ma maladresse.

– Après la rupture, il est resté un familier de la maison. Il avait fait des affaires avec Contini, il pouvait en faire encore. Et puis un jour, il s'est trouvé mêlé à une histoire assez sordide. Naturellement, on n'a jamais rien pu prouver.

– Quelle histoire ?

– Un trafic de publications obscènes, de cassettes porno hard, je ne sais pas exactement. A partir de ce moment-là, on dit que Gabriella ne voulait plus le recevoir chez elle.

– Il faudrait raconter ça à Borgeaud. Il verrait que même dans ce monde on a ses indignations. Mais la frontière entre l'admissible et l'intolérable ne passe pas aux mêmes endroits que pour lui.

– L'ennui, c'est qu'on a continué à recevoir Wozemski ! Probablement que le mari ne voulait pas se priver d'une relation si fructueuse. Mais depuis ce temps-là Gabriella a mené contre Wozemski une action de dénigrement aussi efficace que sournoise.

Etait-elle à l'origine des anecdotes désobligeantes qu'on racontait sur lui ? Ceux qui l'appelaient Vlad' pour faire croire qu'ils étaient de ses intimes n'étaient pas les derniers à propager ces ragots, en riant, bien sûr, comme ils auraient raconté la dernière plaisanterie sur un ministre ou un acteur. Ainsi, à propos de l'affaire des cassettes, on disait qu'elle n'était pas tellement étonnante : à la suite d'une opération, Vlad' en était réduit à regarder faire les autres. D'ailleurs, on savait de bonne source que ses performances n'avaient jamais été le quart de ce que ses paroles voulaient accréditer. La bonne source était-elle Gabriella ?

J'ai interrompu ma réflexion le temps d'envoyer ma balle sur le green, où elle a presque touché celle de Robert.

– Tu imagines, le comte Vladimir Wozemski, – mais est-il vraiment comte ? – assimilé à un petit trafiquant de cochonneries, de surcroît impuissant ! Ce que le dépit amoureux n'avait pas pu faire, la rage d'être méprisé l'a obtenu.

– Et ne négligeons pas le tort qui pouvait à la longue en résulter pour ses affaires. Tu me croyais dépourvu de mobile et j'en ai toute une longueur !

– Sans parler de l'affaire des terrains.

– Quels terrains ? Tu vas enfin te décider à me donner des détails !

– Je ne déteste pas te faire languir. Et puis regarde comme nos balles sont bien placées. Est-ce que nous allons nous priver plus longtemps du plaisir de les envoyer au fond du trou ?

Nous avons foulé le green du pas de ceux qui n'ont plus aucun doute. Pourtant, je savais bien que tout pouvait se rater, et peut-être surtout ce qui semblait gagné d'avance ! C'était vrai au bridge comme au golf, dans l'art comme dans mon métier, en cuisine comme en amour. Il y avait la déficience personnelle, la distraction imprévue, la négligence imprévisible, le grain de sable, le coup du sort…

Plus éloigné du trou que moi, Robert a tiré le premier : il a réussi comme en se jouant. J'ai voulu imiter sa désinvolture. Résultat : ce qu'on appelle, je crois, une « cravate », ou une « écharpe », – c'est-à-dire que ma balle a fait le tour du trou et s'est arrêtée de l'autre côté, à deux centimètres du bord.

– Donné ! a de nouveau dit Robert.

Ah, vraiment, j'avais bien besoin de ses cadeaux !

– Excuse-moi une minute, veux-tu. Vous savez ce que c'est, mon cher Maître, la nature…

Pourquoi cette formule idiote ? Quarante ans d'amitié n'avaient donc pu faire que certains sujets nous paraissent naturels ? L'ironie, les plaisanteries de potaches nous servaient sans doute à masquer une gêne. Qu'est-ce qu'un psychanalyste n'aurait pas tiré de ça !

Je me suis enfoncé dans le bosquet, à la recherche d'un arbre derrière lequel me dissimuler. Par terre, il n'y avait point de cadavre, mais des bouquets d'anémones, pareilles à de petites étoiles blanches.

# TROU N° 11

Nous allions du 10 au 11 par un chemin plutôt malaisé, qui monte et qui descend. La crainte de l'essoufflement me retenait de parler, d'autant que j'étais obligé de courir après Robert, dont le chariot électrique avançait plus vite que le mien à traction animale. Puis, comme j'allais revenir sur l'affaire des terrains, pour en avoir une fois le cœur net, j'en ai été détourné par l'arrivée de Jean-Claude, qui m'a demandé si j'avais vu Madame Contini. Robert ne pouvant pas nous entendre, j'ai répondu que non. Au même instant, l'horloge de l'église s'est mise à sonner. J'ai regardé ma montre : il était bien midi, midi le juste. J'ai pensé au reniement de saint Pierre…

– Savez-vous ce qui lui est arrivé ?

– Ecoutez, Jean-Claude, vous me raconterez ça plus tard. Vous voyez bien que Monsieur Malledieu m'attend !

J'ai tout de suite pensé qu'il n'avait de l'affaire qu'une version tronquée. Sinon, il aurait su que j'étais présent au moment de la découverte du cadavre. Notre directeur n'avait dû laisser passer de l'événement que ce qu'il ne pouvait pas en dissimuler. Ou bien étaient-ce déjà les consignes de discrétion de mes collègues français ? Mais s'il était le coupable, quelle adresse à me parler si naturellement ! Quel excellent alibi !

Car il pouvait être le coupable. N'y avait-il pas de nouveau un fer posé sur le plancher de sa voiturette ? Peut-être l'arme du crime ? Plus probablement, un club oublié par un joueur. Mais là encore un doubleton d'idées me passait par la tête. D'abord, qu'exhiber l'arme du crime pouvait être une ruse. Peut-être avais-je trop lu Edgar Poe, créateur de mon premier ancêtre. Mais non, l'astuce était connue : certains criminels signalaient ostensiblement quelques indices, imaginant qu'on les négligerait justement parce qu'ils étaient ostensibles. Puis je me disais qu'un club trouvé était l'arme idéale, puisqu'il ferait d'abord remonter à son propriétaire, lequel aurait bien du mal à prouver où, quand et comment il l'avait égaré.

Mais à côté du départ, Robert s'impatientait. J'ai hâté le pas.

Le trou N° 11 est aussi un par 3. Mais il n'inspire pas les mêmes espérances que les trois autres. Entre le départ et le green s'étend sur toute la largeur un fossé aussi large que profond, bordé à droite de grands arbres et d'un chemin, à gauche, d'arbustes et d'un fouillis de ronces. En fait, si l'esprit était capable de faire abstraction de ces obstacles, il n'apercevrait là qu'un trou très ordinaire, qui ne mesure après tout que cent cinquante mètres. Mais l'esprit est au contraire fasciné par ces difficultés. On se répète : « Il ne faut pas que ma balle finisse dans ce fossé », ce qui est le plus sûr moyen de l'y envoyer. Cependant, aujourd'hui, je ne m'en étais jusqu'ici pas mal tiré. Sans être un adepte de la méthode Coué, je savais que la foi et l'espérance, parce qu'elles vous rendent le calme, peuvent contribuer à la réussite. Et puis quoi, l'homme est un rêveur incoercible ! Aussi, quand j'ai levé mon club, l'image du « hole-in-one » m'a revisité. Instant d'espoir immédiatement suivi de la désillusion, puisque ma balle s'est arrêtée dans le fossé. Robert, lui, est arrivé du premier coup sur le green.

Avant de me remettre en route, j'ai regardé un moment les grenouilles de l'étang qui borde le départ. Elles ne coassaient pas encore, mais s'affairaient déjà, plongeaient, remontaient sur le rivage ou se reposaient un moment sur les feuilles des nénuphars. Deux foulques, noirs, becs blancs, croisaient lentement, disparaissaient soudain, refaisaient surface à distance l'un de l'autre, nageaient paresseusement pour se rapprocher avant de s'engloutir à nouveau. Quel attrait de retrouver dans cette nature entièrement redessinée par l'homme, peignée et repeignée, cette nature complètement artificielle, les acteurs indomptables de la vraie nature, grenouilles, sauterelles, corneilles et tourterelles, poissons et rapaces ! Parfois, quand je suis seul, je m'assieds, laissant passer les joueurs qui me suivent. Le banc du 11 est un des plus propices, qui me propose le double spectacle de la terre et de l'eau. Dans le silence à peine dérangé parfois par le passage d'un avion, je découvre, parmi ce que je pouvais, distrait, croire aussi vide qu'un désert, des milliers de vies. L'errance d'un papillon, le perchement d'un pinson à l'extrémité d'une tige de roseau, le cheminement frémissant d'une bergeronnette, les grands cercles lents d'un milan royal, les conciliabules muets de deux crapauds…

Mais aujourd'hui, pas question de s'attarder ! Robert n'aime pas attendre, il prétend que « ça casse son rythme » et que « sans rythme, on ne joue pas bien ». Après quoi, il éclate de rire, parce qu'il aperçoit l'énormité de sa prétention. Tous ne lui ressemblent pas. Je déteste jouer avec Bourguignon, par exemple, parce que chez lui le moindre délai déclenche des récriminations interminables.

Ayant rattrapé Robert, je lui ai demandé :

– Qu'est-ce que tu penses de Jean-Claude ?

– Ce qu'en pense tout le monde : qu'il est beau comme un dieu et plus serviable qu'on ne saurait dire.

C'est vrai qu'il est beau, avec ses cheveux de lin bouclés, ses yeux bleus translucides qui ont toujours l'air de s'ouvrir sur le monde pour la première fois, son torse d'athlète, et ses jambes de mannequin. Toutes les femmes, comme on dit, en sont folles, et, je crois bien, quelques hommes aussi. Lui promène son charme nonchalamment, comme s'il n'en avait pas conscience, – mais je suis sûr du contraire ! Il doit bien en tirer quelques avantages. On lui prête en tout cas beaucoup d'aventures, les plus mauvaises langues prétendent même qu'il lui arrive de monnayer ses agréments. Et quand cela serait ? Plus d'une fois, je me suis demandé comment il vit sa position subalterne au milieu d'une richesse insolente à force d'être naturelle. Toutes ces grosses voitures, ces équipements de luxe, ces toilettes toujours nouvelles, tous ces caprices aussitôt satisfaits que conçus... Mais après tout, bien d'autres que lui sont dans la même situation, vendeurs de bijouteries, caissiers, serveurs de grands restaurants, portiers de palaces. La plupart s'en accommodent. Quelques-uns pourtant partent avec la caisse.

On n'a pas manqué, bien sûr, de le surnommer Adonis ou Apollon, tant le cliché s'impose. J'ai parfois, pour varier un peu, proposé Endymion, mais personne ne le connaissait. Va donc pour Adonis ! Les hommes l'envient, souvent en sont jaloux. Plusieurs ont intrigué pour le faire renvoyer. Mais les femmes le protègent, celle du directeur en particulier.

Et le directeur lui-même, dont certains insinuent qu'il n'est pas insensible à la grâce masculine, vante sans arrêt sa compétence et son dévouement.

– Tu crois que Gabriella s'est intéressée à lui ?

– Probablement, comme toutes les autres.

– Et lui à elle ?

– Comment veux-tu que je le sache ?

– Je disais ça parce qu'ils avaient une curieuse façon de se parler, tu ne trouves pas ?

– Ça ne m'a jamais frappé.

Et pourtant... Chez Jean-Claude, c'était un mélange de déférence et de complicité. On aurait dit que la distance qui les séparait était constamment sur le point d'être abolie, qu'à ses paroles Jean-Claude allait joindre un clin d'œil, un geste, serrement de main plus appuyé, caresse imperceptible sur l'avant-bras... Chez Gabriella, c'était une espèce de familiarité hautaine, – si les deux mots peuvent aller ensemble. A partir de là, il était permis d'imaginer.

– Imagine, mon vieux, imagine ! Quoique tes imaginations ne soient pas très rassurantes. J'ignorais faire partie d'un club d'assassins. Merci de m'ouvrir les yeux.

– Et tu n'es pas au bout de tes surprises !

– Qu'est-ce que tu me prépares encore ?

– Tu verras bien. Pour le moment, laisse-moi me sortir de mon pétrin.

C'en était un, en vérité : ma balle s'était logée dans un trou. Elle était jouable, mais il y fallait beaucoup de talent ou de chance. Je n'ai eu ni l'un ni l'autre. Au premier coup, ma balle s'est seulement enfoncée un peu plus ; au second, elle a bien voulu s'envoler mais pour atterrir dans le bunker. Le vent avait décidément tourné !

Ou bien était-ce mon fameux « passage à vide » ? Il y avait presque toujours un moment, après le milieu du parcours, où je me mettais à jouer moins bien. Comme si le cœur n'y était plus. Ou parfois par excès de zèle, quand, ayant bien débuté, je voulais à tout prix prolonger ma réussite. Rien de plus difficile pour moi que de trouver le juste mélange de concentration et de désinvolture. Pour la première, je ne craignais personne, en ayant pris l'habitude dès ma jeunesse. Cependant, le golf m'apparaissait trop futile pour mériter une attention totale : des souvenirs, des projets, des préoccupations de toutes sortes me distrayaient facilement de la partie. Mais la distraction n'est pas la désinvolture. De cette dernière, je manquais complètement, ayant développé dès mon enfance, sans doute à cause de mon éducation, un esprit de sérieux inébranlable. Franchement, il m'embêtait, parfois m'irritait. Mais je ne parvenais pas à m'en débarrasser. Même derrière la dérision, il restait là, vigilant, obstiné. Beaucoup pensaient qu'il me rendait service. On me disait : « Oh, vous, bien sûr, avec votre logique ! » Moi, je savais que souvent il m'empêchait de prendre avec les choses cette distance qui les rend plus visibles, plus simples, au moins plus acceptables.

Mais il s'agissait bien de ces réflexions ! Ce qu'il fallait maintenant, c'était me sortir de ce bunker. Et d'une manière telle que je fasse retourner le vent dans l'autre sens !

Eh bien, non, le vent a continué de souffler dans la même direction, emportant mes espoirs, refroidissant mon ardeur. J'étais d'autant plus désappointé que Robert, lui, venait, sans aucune difficulté, de réussir le par.

– Beaucoup, me dit-il en remettant sa balle dans sa poche, sont persuadés qu'il s'est passé quelque chose entre eux. Toute la question est : qui a pris l'initiative ?

– De nouveau, ça marche dans les deux sens. Quoique j'aie ma petite idée…

Jean-Claude était vraiment très beau. Gabriella avait eu envie de l'ajouter à sa collection comme on s'offre un incunable ou une tabatière en émail. Ou bien c'était lui qui, sensible au prestige de cette femme si belle, si riche, si universellement courtisée, avait décidé de la séduire, sentant d'ailleurs qu'il n'aurait pas grand-chose à faire pour cela, ses yeux et ses cheveux ayant achevé déjà les trois quarts de l'entreprise. Aventure il y avait donc eu. Mais voilà : Gabriella ne voulait contempler son bibelot que quelques jours, ne songeait à feuilleter qu'un moment son incunable. Jean-Claude l'avait mal pris. Essayant de s'accrocher, il avait été renvoyé sèchement.

– Admettons qu'il n'ait pas accepté ce renvoi, que je suppose assez récent. Il revient à la charge, régulièrement. Gabriella se montre à chaque fois plus durement intraitable. Enfin, ce matin, dernière rencontre, dans un endroit solitaire propice aux explications. Cela commence tout de suite sur un ton assez violent, parce qu'il y a eu tous les refus précédents. La rancune s'est accumulée, comme une eau trop lourde derrière le barrage qui la retient. Soudain, quelque chose est dit qui franchit la frontière inconnue, toujours floue, de l'intolérable. Libérée par l'humiliation, la rancune devient rage. Jean-Claude tient à la main un club qu'il vient de ramasser sur le parcours. Il le lève, et parce qu'il ne veut plus entendre d'autres mots de dédain, plus voir cette mine méprisante, il frappe, sans penser aux conséquences. Un seul coup suffit. Gabriella tombe. Jean-Claude reprend conscience, s'affole… La suite, tu la connais.

– Mais non, raconte, raconte encore ! Tu fais ça tellement bien ! Je me demande pourquoi tu n'écris pas de romans.

– Mais j'y songe, mon vieux ! Pour ma retraite.

– Bon. En attendant, nous pourrions gagner le départ du 12 ?

Ce n'était pas la peine de nous dépêcher : Marie Martin et Jacques Desfossés ne devaient pas être bien loin devant nous. Autant en profiter pour aller au bout de nos histoires. Tout de même, nous avons évacué le green.

Revenus près de nos chariots, et tandis que Robert nettoyait un de ses clubs avec un torchon, j'ai dit :

– Il y a une autre hypothèse.

– Naturellement ! Tu les produis comme un pommier ses pommes.

– C'est juste. Mais pas plus que le pommier je ne suis sûr qu'elles mûriront.

Si l'aventure entre Jean-Claude et Gabriella n'avait pas eu lieu, – et personne ne l'avait jamais prouvée, – mon échafaudage s'effondrait. Mais comme dans un kaléidoscope, une image ne se détruisait que pour faire place à une autre. L'aventure, donc, n'avait pas eu lieu. Mais Jean-Claude avait pu la désirer. Insidieusement, il avait entamé la conquête de Gabriella. Dans les débuts, elle s'était prêtée au jeu, toujours flattée d'être courtisée, et surtout par un garçon si jeune et si beau. Puis découvrant que les intentions de Jean-Claude étaient sérieuses, elle avait coupé court, n'ayant aucun goût pour ce qu'un de mes amis appelait « les amours ancillaires ». Cela n'avait fait qu'exaspérer le désir de Jean-Claude.

– Nous arrivons à ce matin. Par hasard, Jean-Claude aperçoit Gabriella en train de chercher sa balle dans le bosquet. Il est tôt, l'endroit est désert. C'est le moment d'assouvir ce désir qui, à force d'attentes et de rebuffades, est devenu insupportable. Jean-Claude s'approche furtivement, puis se jette sur Gabriella, mettons, pour l'embrasser. Elle se débat, va crier… Pour l'en empêcher, il la frappe. Elle tombe. Aveuglé par son idée fixe, il la déshabille, et là, par terre, encore chaude, il la viole.

– Ma parole, on s'y croirait !

– Reconnais au moins que ça se tient.

– Oh, parfaitement ! Il ne reste plus qu'à le prouver.

– Ça, ce n'est pas mon affaire. Pour le moment, je joue. Quand j'étais petit, j'adorais le Meccano, parce qu'avec les mêmes pièces on pouvait construire toutes sortes d'objets différents. Tu vois que je n'ai pas changé. Simplement, mes pièces, maintenant, ce sont les hommes.

Nous nous sommes dirigés vers le départ du 12, tout proche. Robert devait penser à ce que je venais de lui raconter. Soudain, en effet, il m'a dit :

– Ça ne fait rien, je n'arrive pas à croire qu'avec ce visage d'ange on puisse tuer.

– Nous voilà revenus quatre trous en arrière ! Mais si les assassins portaient le mot « meurtre » inscrit sur le front, tu ne crois pas que leurs victimes leur échapperaient ?

# TROU N° 12

Au départ du 12, Robert a fait ce qu'on appelle un « socket », c'est-à-dire que touchant sa balle avec l'arrière de son club, il l'a envoyée à quelques mètres seulement, et complètement sur la droite. Accident commun auquel je ne m'arrêterais pas si le mot qui le désigne ne m'avait longtemps intrigué. C'est que dans ma tête je l'écrivais « socquette ». Et je me demandais quel rapport de ce coup avec les chaussettes ! Naturellement, à force d'y penser, j'avais trouvé une explication. « Bien sûr, aurait dit Jacqueline, tu en trouves toujours ». Cette capacité, qu'elle appelait une manie, l'agaçait. De surcroît, mes explications lui paraissaient toujours trop ingénieuses, trop compliquées. Les siennes étaient plutôt trop simples. Ainsi, quand elle m'avait quitté pour son fabricant de robinets... mais laissons cela ! Au collège, j'avais lu l'histoire de la dent d'or. Sur le moment, je ne lui avais pas prêté toute l'attention qu'elle méritait. Mais ensuite, d'innombrables exemples étaient venus la confirmer. « Socket » n'était que le dernier en date. On pouvait donc trouver de convaincantes explications à ce qui n'existait pas ? Tout au long de ma carrière, j'avais dû me rappeler moi-même à la prudence. Mon esprit avait souvent tendance à s'emballer, à multiplier images et déductions, bâtissant d'admirables édifices qui n'avaient que le défaut d'être sans véritables fondements. C'était un jeu, bien sûr, comme les problèmes de bridge que me proposait mon journal et pour lesquels je m'efforçais toujours de trouver plusieurs solutions, quand je n'allais pas jusqu'à en modifier les données. Mais il ne fallait pas oublier qu'au bout de ce jeu il y avait la chose du monde la plus grave : l'innocence ou la culpabilité d'un homme. Je me répétais donc : « Les faits, les faits d'abord. *Zu den Sachen selbst*, comme disait Widmer. » Mais les faits souvent étaient pauvres. Obstinés, mais muets. Il fallait les faire parler. Je me définissais « historien de l'accidentel », « archéologue du provisoire ». Comme l'archéologue, je rencontrais des traces, comme l'historien, j'avais affaire à des événements révolus. Comment les amener à dire ce qu'ils signifiaient, et seulement ce qu'ils signifiaient ?

Aujourd'hui, pourtant, je me sentais beaucoup plus libre. Ce n'était pas moi qui étais chargé de l'enquête. Si je me trompais, ça n'aurait pas de conséquence. Je pouvais me laisser aller sereinement à mon délire d'interprétation.

Depuis mon enfance, le langage n'avait jamais cessé de m'intriguer. Il y avait des mots, tous ces mots, des dizaines de milliers de mots. De temps à autre, on en rencontrait un qu'on ne connaissait pas : on s'informait de son sens, on se le répétait, on l'apprenait. Mais surtout, il y avait tous ceux qu'on croyait connaître, qu'on utilisait sans y penser. Et puis un jour, comme on découvre une façade devant laquelle on a passé pendant des années sans la regarder, voilà qu'un de ces mots s'isolait des autres, exigeait qu'on l'examine. Tout d'un coup, on se disait : « Mais bien sûr, comment n'y ai-je jamais pensé ? il vient de là, et voilà ce qu'il signifie exactement, et qui n'est pas ce que j'avais toujours cru ». Cela me donnait une sorte de vertige. Je me disais qu'il y avait des centaines et des centaines de mots à propos desquels la même découverte était possible. Seulement, voilà : on ne pouvait pas la provoquer. J'aurais pu réfléchir des heures sans jamais parvenir à cette évidence qui m'illuminait parfois, alors que je m'y attendais le moins.

Je me demandais – mais je n'ai toujours pas trouvé la réponse – ce qui se passe au juste dans l'esprit quand la vérité vainement poursuivie le traverse soudain avec la fulgurance éclatante de l'éclair. Comme tout le monde, je connaissais l'inutile recherche du mot qu'on a « sur le bout de la langue » et qui surgit soudain quand depuis un bon moment on a cessé d'y penser. Ou dans les problèmes de mots croisés, ce mot qui échappe à tous vos efforts, puis vous saute aux yeux soudain, sans ressemblance aucune avec tous ceux auxquels vous aviez songé. Comme si un autre que moi était à l'œuvre en moi...

Robert et moi ne disions donc pas « faire un socket », mais « faire une chaussette ». Nous aimions ces codes privés qui nous distinguaient en nous amusant.

– Tant pis, j'en mettrai une autre. Mais joue d'abord.

J'ai franchi le ravin sans encombre, mais ma balle, en fin de course, s'est mise à tourner sur la droite, de plus en plus, au point que je me suis demandé si elle n'était pas allée finir dans les roseaux de l'étang, le même qui borde le départ du 11 et que d'ici on ne voit pas, caché qu'il est par la pente et de grands arbres. La seconde balle de Robert, par contre, a été parfaite. Là-bas, au loin, on apercevait

Marie Martin et Jacques Desfossés. Malgré la distance, on distinguait qu'il lui avait posé une main sur la nuque pour faire les quelques pas qui les séparaient de son chariot.

Il fallait vraiment que Robert m'explique de nouveau l'affaire des terrains. Mais, si j'ose dire, le terrain ne s'y prêtait pas : on devait d'abord descendre au fond du ravin, passer un pont, bien au milieu, sinon le chariot risquait de basculer dans le vide, puis, une fois de l'autre côté, remonter une pente assez raide où, si l'on n'y prenait pas garde, le chariot, heurtant les bords du chemin, versait facilement. Comme la vie, le parcours était semé d'embûches ! Comme la vie, les embûches une fois déjouées, il vous apportait quelquefois, rarement, des bonheurs.

L'illumination... Je l'avais connue parfois, trop rarement aussi, dans les affaires dont j'avais à m'occuper. C'était comme un puzzle, comme cette « Vénus au miroir » de Vélasquez que j'ai déjà passé tant d'heures à recomposer. Vers la fin, on n'a plus en main que quelques morceaux, mais on ne sait dans quel sens les tourner pour les mettre en place. Le dessin est irrémédiablement gâté par ce qui lui manque ; de toute l'image, on ne voit que les lacunes. Et soudain, voici que les pièces trouvent leur juste orientation. Les trous semblaient énormes ; jamais on n'aurait pensé qu'il était possible de les boucher avec ces pauvres petits morceaux. Et puis, non, les courbes compliquées s'ajustent au millimètre, les vides se comblent, le tableau est achevé. Et devant l'affaire élucidée, comme devant la Vénus enfin parfaite, c'est chaque fois le même bonheur qui va jusqu'au tressaillement.

Nous sommes enfin arrivés de l'autre côté du ravin, au sommet de la pente. J'ai rejoint Robert, qui m'avait assez largement devancé, tiré par son chariot électrique. A ce propos d'ailleurs, il n'arrête pas de me taquiner, m'accuse même de pingrerie. Mais c'est que je fais du golf aussi pour l'exercice ! Tant que j'aurai assez de forces, je remorquerai donc mon chariot.

– Eh bien, dis donc, tu m'as l'air drôlement essoufflé ! Qu'est-ce que tu attends pour...

– Oui, je sais. Laisse tomber : ce n'est pas toi qui m'auras à l'usure. Parle-moi plutôt de ces terrains.

– Lesquels ? C'est qu'il y en a beaucoup, des hectares, que dis-je ? des kilomètres carrés !

Mais nous avons été interrompus à nouveau par la recherche de ma balle. Non, elle n'était pas allée dans les roseaux, ni même dans la pente impraticable qui les précède, mais seulement dans le rough, où nous ne l'avons retrouvée qu'avec pas mal de difficulté. En revanche, c'est avec facilité que je l'en ai sortie, par un coup qui a fait s'exclamer Robert : « Superbe ! »

– Alors, ces terrains ?

– Encore une fois, lesquels ?

– Pour commencer, ceux de Contini. Après, on verra.

– Là, c'est relativement simple. Il y a d'abord ceux du golf, – mais nous en avons déjà parlé.

Je me demandais pourtant comment un Italien établi à Genève pouvait posséder toute cette terre en France voisine.

– C'est assez compliqué, et je ne connais pas les détails. Des affaires d'héritage. La famille de sa femme est établie à Genève depuis assez longtemps, elle est même en partie originaire de la région. Mais tu n'attends tout de même pas que je t'établisse l'arbre généalogique de Gabriella !

– Ça ne manquerait peut-être pas d'intérêt... Donc, elle hérite des terrains. Mais pourquoi est-ce lui qui les vend ?

– Ça, mon vieux, je n'étais pas présent à la signature du contrat de mariage !

Réseaux, réseaux de toutes sortes... J'étais fasciné depuis longtemps par toutes ces lignes complexes qui s'entrecroisaient autour de nous dans toutes les dimensions de l'espace. C'étaient aussi bien sous nos pieds les galeries des taupes, les canalisations, les tuyaux du gaz, les câbles du téléphone ou de l'électricité, qu'au-dessus de nos têtes les faisceaux d'ondes hertziennes entremêlés à ceux des rayons cosmiques. Puis, plus subtils, couraient à la surface de la terre les réseaux de relations, quadrillant le monde, comme un grand filet tendu pour une pêche miraculeuse. Affaires, familles, professions, alliances, amitiés étaient les mailles où venaient se prendre ici du fretin, là des poissons de taille et délectables. Les filets des Contini et consorts ne retenaient que les plus belles prises.

– De toute façon, Contini, je te l'ai déjà dit, s'est dégagé de l'affaire. Il y a prescription. Et puis, je ne vois pas quelle relation ça peut bien avoir avec le meurtre d'aujourd'hui.

– Détrompe-toi. Il n'y a pas que les voies du Seigneur qui soient impénétrables. D'ailleurs, pourquoi parles-tu de meurtre ? Il s'agit peut-être d'un assassinat, et même avec préméditation.

Je ne pouvais suspecter Robert d'aucune naïveté. Son métier de conseiller juridique l'avait mêlé à des affaires où l'astuce et la mauvaise foi, la compétence et la duplicité étaient inextricables. Dans ces affaires financières, les chemins étaient incroyablement brouillés, des sentiers à peine, des pistes perdues dans le maquis des règlements et des lois. Je voyais mes collègues de la brigade spécialisée perdre leurs derniers cheveux au-dessus de colonnes de chiffres, bilans et budgets, pertes et profits, doit et avoir, actif et passif, où des experts-comptables n'auraient pas retrouvé leurs petits. Mais dès qu'il y avait violence, Robert manquait d'imagination, comme s'il n'avait pu croire à la méchanceté des hommes. Moi, j'avais appris autre chose : que la chaîne des causes et des effets peut être interminable. A chercher trop près de la source, on ne trouvait qu'un filet d'eau insignifiant. Plus loin, après l'arrivée d'affluents imprévus, c'était un fleuve impétueux qui pouvait causer bien des ruines et des désolations.

– Non, dans cette affaire ancienne, ce qui serait intéressant, ce serait d'établir le rôle exact de Montant.

– Ah, celui-là, il faudra bien y revenir !

– Il possédait l'autre partie des terrains. Mais il lui manquait des morceaux par-ci par-là. A quelles conditions il a pu les acquérir…

Il faudrait en effet qu'on en reparle, parce que là aussi je flairais une piste. Mais, pour rester dans la métaphore cynégétique, puisque après tout j'étais un limier (fin ? – car les limiers sont toujours fins, – ça n'était pas à moi de le dire) mieux valait ne pas courir deux lièvres à la fois.

De toute façon, maintenant, c'était le moment de frapper nos balles, voisines l'une de l'autre. Le 12 nous semblait toujours interminable, sans doute parce que, en pente ascendante, il est difficile d'y réussir de très longs coups. Pourtant, cette fois, nos balles sont allées se poser assez près du green, où les « tourtereaux » venaient de remettre en place le drapeau.

– Question terrains, il y a mieux. Et plus actuel.

Je n'ai pas eu besoin de relancer Robert. On aurait dit tout d'un coup que l'affaire le passionnait. Ou peut-être était-il seulement content de me montrer que lui aussi pouvait détenir des informations d'importance ?

– Contini ne s'est pas toujours intéressé à l'immobilier. Son royaume, c'étaient plutôt les changes, les transferts internationaux, la Bourse. Mais, bien sûr, sa banque accordait des crédits. Par ce biais, un jour, il a fait la connaissance de Montsaur.

– Tiens, nous n'en avons pas encore parlé, de celui-là ! Pourtant…

– Je ne doute pas qu'avec ta manie de voir des suspects partout tu ne le mettes aussi sur ta liste.

– Pas impossible. Ça dépendra de ce que tu vas me raconter.

Frédéric de Montsaur était le plus important promoteur immobilier de Suisse romande. Pas une affaire de quelque importance ne se concluait qu'il ne s'y retrouve, personnellement ou par sociétés interposées. J'ignorais ses liens avec Contini, même si j'aurais pu les deviner. Les apprendre m'ouvrait des horizons nouveaux.

– Je connais un peu l'affaire parce qu'une société pour laquelle je travaille s'y est trouvée mêlée.

– Attention, mon vieux, secret professionnel !

– Tu veux dire de Polichinelle ! Même la presse en a parlé. Il est vrai que très vite Montsaur et ses amis se sont arrangés pour la faire taire.

Il y avait, dans la proche banlieue de Genève, le projet d'un immense centre commercial. Tous les grands magasins de la place comptaient s'y installer. On y adjoindrait un centre culturel. Epicerie et rock, chaussures et littérature, bijoux et ballets, pharmacie et théâtre, lingerie fine et cinéma s'entraîneraient mutuellement. L'affaire, qui devait coûter des dizaines de millions, pourrait, toutes consommations confondues, en rapporter des centaines. Seulement, voilà, ses initiateurs, au premier rang Frédéric de Montsaur, ne disposaient pas encore de tous les terrains nécessaires. Leur manquaient de grandes parcelles qui appartenaient à Gabriella.

– Elle n'a jamais voulu les céder, j'ignore pourquoi. Je me suis laissé dire qu'elle avait pour eux un attachement tout sentimental, parce qu'ils lui venaient d'une tante qu'elle aimait beaucoup. Il y a aussi, sur ces terrains, quelques maisons, avec des locataires anciens, souvent âgés, des petites gens, qu'il aurait fallu mettre à la porte. Gabriella n'en avait pas le cœur. D'autres disent qu'elle n'a montré tant d'obstination que pour embêter son mari. Ou parce qu'elle n'aimait pas Montsaur et désapprouvait son mari d'être en affaires avec cette canaille. Ou pour toutes ces raisons à la fois. Bref, l'affaire ne s'est pas faite. Mais le projet existe toujours.

– Il était très avancé ?

– Je crois, oui. On m'a même dit qu'un bureau d'architectes avait déjà établi tous les plans.

C'était le moment d'envoyer nos balles sur le green. Il fallait pour cela, par un coup en chandelle, franchir la pente assez raide qui le précède. Mais il ne fallait pas taper trop fort, sinon la balle traversait le green et se retrouvait au bas d'une autre pente, dans l'herbe haute. La crainte faisait que souvent on manquait d'audace.

J'en ai manqué. Ma balle s'est bien élevée, mais elle est retombée dix centimètres trop tôt, sur la pente, qu'elle a dévalée entièrement, pour revenir à peu près à l'endroit d'où elle était partie. Allons, le passage à vide n'était pas encore terminé ! Tout de même, le coup suivant m'a mis sur le green, où la balle de Robert se trouvait déjà.

– Ajoute que, paraît-il, Wozemski est aussi dans le coup, par le biais de Montsaur. Ça n'arrangeait rien, pour Gabriella.

On voyait des fils se tendre, se nouer. Ils ne faisaient pas encore un tissu avec des dessins bien visibles. Mais une trame commençait à s'ébaucher.

Robert ne m'en a pas dit davantage parce qu'il était pressé d'aller réussir son bogey. Moi, je n'avais pas la même hâte : trois au-dessus du par, dans le meilleur des cas !

Et ça n'a même pas été trois, mais quatre ! Il fallait vraiment que je fasse attention, sinon la défaite se changerait en déroute. Un vrai cinq de chute, et surcontré. Le déshonneur !

Robert a remis en place le drapeau. Nous sommes allés vers le départ du 13 à petits pas, pensifs. Marie Martin et Desfossés étaient encore trop près. Comme prévu, nous avons dû attendre.

# TROU N° 13

Pas très intéressant, le 13, ni d'ailleurs très difficile : tout au plus un ruisseau à franchir et quelques bunkers toujours aussi judicieusement disposés. Mais ça n'en finit pas : plus de cinq cents mètres, et la moitié en montée ! A nos âges, les coups ne sont jamais assez longs pour nous permettre de faire le par. Ainsi le parcours m'induit-il parfois à des réflexions mélancoliques. Mesurer sa propre décadence à la trajectoire d'une balle, quelle futilité tragique !

Montsaur continuait à m'occuper l'esprit. Ça n'avait rien de bien agréable : il est sans doute l'homme le plus laid que j'aie jamais rencontré. Une peau crevassée, grumeleuse, aux tons bistres, que dès le matin une barbe noire et drue assombrit encore, un nez énorme, des yeux globuleux derrière ses lunettes de myope, des lèvres « en rebord de pot de chambre », comme aurait dit ma grand-mère… Mais on le voit toujours en compagnie de filles ravissantes. Repoussant, il a dû faire le rêve d'apparaître dans le rôle du séducteur, comme il a voulu que s'ouvrent devant lui toutes les portes. Son sésame est un billet de banque, des liasses de billets. Et puis, dès qu'il ouvre la bouche, on ne voit plus sa laideur, – et ce n'est certes pas à cause de ses dents, qu'il a tout irrégulières et tachées. Mais paraît alors sur ce visage difforme une ardeur, brille dans ces yeux vitreux un éclat qui changent tout, comme un coup de soleil sur un paysage jusque là triste et décourageant.

– Tu crois que je peux y aller ? Je n'ai pas la prétention de tirer si loin, mais tu sais ce que c'est…

En effet, c'est quand elles risquent d'atteindre quelqu'un que les balles partent le mieux. Tout de même, les tourtereaux étaient au moins à deux cents mètres. Ils en profitaient d'ailleurs pour marcher en se tenant par la main.

Robert a donc tiré, fort bien, et je l'ai imité.

– Va déjà, je te rejoins tout de suite : mon chariot fait de nouveau des siennes.

J'ai presque éprouvé de la satisfaction à l'idée que j'allais pouvoir, un moment encore, suivre Montsaur sans être dérangé. Quelle était donc la relation d'un type comme lui avec la beauté ? Il l'admirait puisqu'il s'en entourait constamment. Il devait l'envier aussi. Je l'imaginais debout avec une de ses amies devant le miroir de sa salle de bains : Esmeralda et Quasimodo… Cette beauté, il pouvait la payer pour la garder près de lui, il ne pouvait pas l'acheter pour la mettre sur son propre visage. N'y avait-il donc pas des moments où soudain il la haïssait ? Lui qui avait tout reçu, le nom, l'intelligence, l'adresse, l'esprit, pourquoi lui avait-on refusé, oh, pas la beauté, non, mais simplement des traits ordinaires, passe-partout ? C'était trop injuste, vraiment ! Toute cette beauté qui se promenait souveraine par le monde, il fallait lui faire sentir sa dépendance, il fallait en faire une marchandise, l'avilir, il fallait en fin de compte la piétiner, la détruire !

Je sentais bien que de nouveau je me laissais emporter. Mais tout en reconnaissant les qualités de Montsaur, qui étaient nombreuses, je n'avais pour lui aucune sympathie. Ses activités me répugnaient. J'en aurais sans doute étonné plus d'un, mais je n'étais pas loin de le ranger, pour la valeur morale, quelque part entre les tortionnaires de vieilles dames et les violeurs d'enfants. Au fin fond de son Enfer, Dante met les faux-monnayeurs, enflés d'hydropisie. Je leur adjoindrais volontiers les spéculateurs. Non que je ressemble à Vincent Borgeaud, et les riches ne m'inspirent aucune animosité particulière. Mais ceux-là, oui, purs parasites, qui ne créent point de richesse sinon la leur. Et comme il faut bien que quelque part certains paient pour eux... Je revoyais ces caricatures politiques d'autrefois où un obèse en tube et jaquette, un Havane à la bouche, écrase sous une presse à bras un pauvre auquel il fait rendre ses derniers sous...

Robert m'a tiré de mes imaginations :

– Non, mais regarde-les. Est-ce qu'ils ne sont pas touchants ?

Se croyant assez loin pour n'être pas vu, Desfossés était en train de voler quelques baisers à sa Marie. Ma foi, cette vision valait mieux que celle de Montsaur en exploiteur de déshérités faméliques.

– Mais, d'après toi, qu'est-ce qui rassemble des types aussi différents que Contini, Montsaur et Wozemski ?

– Tu le sais bien : le profit. Naturellement, il sont aussi concurrents, et quand ils peuvent se faire des crocs-en-jambe... Comme les hommes politiques, dont le seul programme est d'être élus.

– Mais un Contini n'a pas besoin d'eux. Ses affaires ont déjà une telle envergure !

– Tu ne sais donc pas que tout est bon à prendre ?

Non, je ne le savais pas, pas vraiment. Souvent, quand je m'examinais, – et je suis un maniaque de l'examen de conscience ! – je m'étonnais : comment, avec tout ce que mon métier, depuis tant d'années, m'avait apporté d'inattendu, d'insolite, d'incompréhensible, d'inacceptable, comment pouvais-je être resté, sur certains points, tellement naïf ? Je regardais un Contini, sa richesse, sa puissance, son expérience, son âge. Et je me disais que de tout il devait avoir assez, vraiment assez. A quoi lui servait d'augmenter encore sa fortune ? Tout ce qu'il pourrait lui ajouter ne serait plus désormais qu'une goutte d'eau dans l'océan. Ou bien y avait-il vraiment chez certains une soif de pouvoir à jamais inextinguible ? Etaient-ils entraînés par une espèce d'automatisme, faisant des affaires parce qu'ils en avaient toujours fait, menacés de mort s'ils s'arrêtaient, comme la toupie qui vacille et tombe quand les coups de lanière ne la relancent plus ? Avaient-ils simplement besoin de s'occuper, faisaient-ils des affaires comme d'autres font des guéridons ou des petits pains, parce qu'ils ne savent rien faire d'autre ? Directeurs d'entreprises, ils étaient en fait dirigés par elles, qui exigeaient pour survivre leur livre quotidienne de matière grise. Ou bien encore, comme le bridge et le golf, toute cette activité n'était-elle qu'un jeu ? Il y avait le bonheur de réfléchir, de combiner, de monter de beaux coups. Il y avait le plaisir d'aborder l'adversaire, la satisfaction de déjouer ses plans, de lui imposer les siens, de le vaincre. Comme au bridge, peu importait la mise qu'on ramassait ; l'important, c'était d'avoir gagné la partie.

Nous étions l'un et l'autre trop loin du ruisseau pour le franchir au deuxième coup. A notre âge, il y avait des choses dont il ne fallait plus rêver. C'était dur, mais moins dur que de les espérer encore, de chercher à les réaliser et d'échouer à chaque fois. Sagesse ou résignation ? Je balançais, conscient qu'il s'agissait plutôt de la seconde, mais préférant le nom de la première, plus flatteur.

En attendant, il fallait tenter une approche, ni trop courte ni trop longue. Au golf pas plus que dans la vie il n'était facile de trouver la bonne distance ! J'ai toppé ma balle, elle s'est mise à rouler, rouler... Par quel décret de quelle Providence s'est-elle arrêtée à trente centimètres du ruisseau ?

– Cette affaire de terrains nous fournit tout de même un sacré mobile !

– Oui, mais pour trente-six auteurs différents. D'ordinaire, on manque de coupable. Maintenant, ce n'est pas le vide qu'il faut craindre, c'est le trop-plein.

Tout de même, on pouvait trier, procéder ici par accumulation d'indices, là par élimination. Le premier auquel je pensais, bien sûr, c'était le mari. Combien de fois était-il revenu à la charge auprès de sa femme pour qu'elle lui cède ces fameux terrains ? On pouvait imaginer une exaspération qui, devant les résistances, avait crû de manière exponentielle. Contini n'avait pas l'habitude qu'on lui résiste, et venant de sa femme, l'opposition devait lui sembler encore plus intolérable. Avait-il un jour aperçu qu'il ne pourrait parvenir à ses fins qu'en se débarrassant d'elle ? Ils n'avaient pas d'enfants, l'héritage lui reviendrait en totalité, il aurait les coudées franches. Ce n'était pas que l'affaire lui tenait tellement à cœur. C'était qu'il ne pouvait sentir dans ses roues le moindre bâton sans avoir le désir forcené de le briser.

– Mais un grand banquier ne se transforme pas comme ça, du jour au lendemain, en assassin.

– D'abord, ça n'est pas du jour au lendemain. Et puis, qu'en sais-tu ? As-tu oublié ce maître du barreau qui s'est débarrassé de son rival en l'écrasant, ce chirurgien qui a découpé en morceaux sa maîtresse volage ? Non, crois-moi, mon cher, toutes les surprises sont possibles.

Mais est-ce que je le croyais moi-même ? Théoriquement, et par principe, sans aucun doute. Pratiquement, j'apercevais bien des difficultés. Matérielles autant que psychologiques. Contini ne venait au club qu'assez rarement : aucune chance pour lui de passer inaperçu. D'autre part, il tenait à sa femme, d'une certaine manière. Et puis non, décidément, il avait trop de distinction pour se salir les mains de cette façon. Assassiner les gens à coups de traites, d'accord, pas à coups de club…

Que le cœur de l'homme est creux, et plein, sinon d'ordure, au moins d'inconséquence ! Contini m'est soudain sorti de l'esprit, remplacé par Victor Hugo. Tout ça parce que Robert venait de jouer, que sa balle était retombée largement au delà du ruisseau et que dans ma tête un vers de mirliton, avec un beau hiatus initial, tournait comme une rengaine : « Et au troisième coup, le ruisseau fut franchi » !

Restait à imiter Robert. Ce que j'ai réussi en continuant à me répéter cet alexandrin lamentable, cette fois comme une incantation, une formule propitiatoire ! Je me retrouvais enfant, quand je sautais entre les lignes du trottoir en chantant mentalement « Am-stram-gram » pour ne pas poser le pied dessus…

– Wozemski, on en a déjà parlé.

– Oui, mais je ne savais pas qu'il était partie prenante dans cette affaire. Un centre commercial sous l'égide d'un comte supposé et d'un baron décavé… Dommage que Contini ne soit pas marquis !

– Le pape n'a pas pu l'anoblir, bien que sa banque, dit-on, travaille souvent pour le Vatican. Un Juif, tu comprends, c'était délicat.

– La Sainte Alliance du goupillon et des phylactères ! Décidément, le Saint Esprit de la banque du même nom souffle où il veut. Cela dit, dans le rôle de cogneur, je vois mieux Wozemski que Contini.

Et d'abord parce que ses liens avec l'affaire étaient plus lâches, moins évidents. Personne n'aurait l'idée d'établir la moindre relation entre lui et cette affaire de terrains. Sinon, il aurait beau jeu de dire qu'il n'était pas au courant. A moins que les deux autres ne le chargent pour conforter leur propre innocence ? Je voyais déjà la scène au tribunal, un tourniquet soigneusement réglé, le premier accusant le second, le second, le troisième, le troisième, le premier, jusqu'à l'épuisement du jury, de l'avocat général et du président. Avocat général, et non point procureur, puisque le crime, commis en France, serait jugé en France. Et soudain cette idée m'apportait comme un soulagement : ce n'était pas moi qui aurais à fournir les preuves. Moi, je jouais avec des possibles, comme un romancier tire les fils de ses personnages, envoie celui-ci en prison, fait mourir celui-là. Quand je le voudrais, j'écrirais le mot « Fin ». Et personne ne viendrait m'obliger à poursuivre, sous prétexte que je n'avais pas tout tiré au clair.

Non, décidément, Wozemski n'était pas plus vraisemblable que Contini. Lui aussi était partisan des méthodes indirectes, familier des voies obliques. Un crime de sang, c'était trop voyant, ça laissait trop de traces, il y avait toujours quelqu'un qui avait remarqué quelque chose, qui vous soupçonnait. Et puis ces policiers étaient d'une ingéniosité ! Dans les affaires financières, on pouvait les embrouiller parce qu'on n'était jamais seul en cause, et que l'anonymat des banques permettait de couvrir bien des saletés. Mais un crime, et commis en plein air, en plein jour ! Il fallait être fou. Or s'il y avait au moins une chose dont j'étais sûr, c'est que fou, Wozemski ne l'était pas.

Restait Montsaur. Mais d'abord jouer nos balles, avec l'espoir de les amener cette fois sur le green. Desfossés et son amie étaient sortis de notre champ visuel. Etaient-ils déjà en route vers le 14 ? Il fallait se méfier, c'était peut-être seulement la pente qui nous les dissimulait. Robert est parti en avant pour s'assurer qu'ils n'étaient plus là. D'en haut, il m'a fait signe de jouer, et s'est écarté sur la gauche.

Je ne suis arrivé qu'à une vingtaine de mètres du drapeau. N'empêche, j'étais satisfait. Et pourtant... On était censé parvenir sur le green en trois coups ; je n'y serais qu'en six ! Après...

Montsaur faisait un meurtrier beaucoup plus plausible. A cause de sa tête ? Jeune policier, on m'avait pourtant appris à ne pas juger les gens sur la mine. Mais Montsaur n'avait pas la brutalité que sur la figure. Qu'il s'agisse d'affaires, de politique ou de sport, il en parlait toujours avec une espèce de violence, même quand il plaisantait. En manifestant visiblement cette véhémence, sans doute voulait-il donner à penser qu'elle était purement verbale. Je ne le pensais pas. La classe de Contini m'en imposait, j'avais du respect pour l'intelligence et l'esprit de Wozemski. Tandis que Montsaur... Lui, baron ? De naissance peut-être, mais il y avait belle lurette qu'il avait perdu le souvenir de ses origines. La noblesse et l'honneur que ses ancêtres défendaient sur le terrain des batailles et des duels, il les avait perdus sur celui des affaires. Son accent populaire faussement cordial, ses plaisanteries aussi vulgaires que rebattues, ses mines entendues, ses mimiques de connivence... Cela aussi, on nous l'avait enseigné : que dans l'établissement des présomptions, il ne faut pas laisser intervenir ses antipathies personnelles. Je m'y efforçais ; mais quoi, je suis comme tout le monde, j'ai mes têtes ! Question : s'efforcer à l'objectivité, est-ce vraiment être objectif ? Quand la première impression est mauvaise, on a beau faire, il en reste toujours quelque chose. Et ma première impression de Montsaur avait été très mauvaise. La seconde aussi, d'ailleurs...

– Tu as tranché entre tes trois suspects ? me dit soudain Robert, qui venait de faire gentiment rouler sa balle jusqu'à vingt centimètres du drapeau.

Je m'étonnais toujours, quand nous jouions ensemble, de notre façon de poursuivre des réflexions parallèles. En fait, ce n'était pas tellement étonnant : plus d'un demi-siècle de complicité, des préoccupations souvent semblables, une façon de voir les choses commune malgré mille différences de goûts et de caractère...

– Non, je n'ai pas tranché, mais...

– Mais ça t'arrangerait bien que ce soit Montsaur, n'est-ce pas ? Moi aussi.

Une approche de vingt mètres, c'était ce que je redoutais le plus. D'ordinaire, je ratais mon coup. Soucieux de vaincre la malédiction qui pesait sur moi depuis un moment, je me suis appliqué plus que jamais. Et l'impossible s'est produit : après une élégante parabole, ma balle a roulé quelques mètres, heurté la hampe du drapeau, et s'est retrouvée au fond du trou !

Que cela m'arrive au N° 13 ! Si j'avais été superstitieux... Mais ne l'étais-je vraiment pas ? En dépit de tous nos efforts pour être rationnels, ne gardions-nous pas tous au fond de nous des traces de pensée magique ? Allons, un tel signe indiquait bien que le vent avait tourné ! Il semblait me dire aussi que mon enquête allait aboutir. Quand j'étais gosse, un oiseau qui passait au-dessus de ma tête, une pendule qui sonnait quand je ne m'y attendais pas m'annonçaient que j'allais réussir mon travail d'arithmétique, recevoir le jouet convoité. Quelque part, comme on aime à dire aujourd'hui, – mais cela me fait toujours rire, car pour moi, quelque part, c'est un endroit bien précis ! – quelque part donc, je n'avais pas grandi ?

Ma baraka ne me permettait pourtant pas de décider entre Contini, Wozemski et Montsaur. Je les avais d'ailleurs mis de côté provisoirement ; ce qui m'intriguait, en cet instant, c'était où avaient bien pu passer Marie Martin et Desfossés.

Nous les avons retrouvés un peu plus loin, assis sur une grosse pierre. Ils avaient besoin de se reposer, – et puis le paysage était si beau ! En vérité, ils devaient être en train de se dire des douceurs.

– Nous allons vous laisser passer. Vous jouez beaucoup plus vite que nous, on ne veut pas vous retarder.

Ils n'étaient pas pressés. Et puis, pour être francs, s'ils se sentaient talonnés, ils jouaient encore moins bien. D'ailleurs, aujourd'hui, on pouvait en prendre à son aise. L'avions-nous remarqué ? il n'y avait pas grand monde sur le parcours.

Après les protestations et les remerciements d'usage, nous les avons laissés derrière nous.

## TROU N° 14

Pour gagner le départ du 14, il faut d'abord descendre une pente herbue assez raide, puis suivre un bout de chemin caillouteux, remonter enfin de l'autre côté, dans l'herbe. J'aime cette variété de l'itinéraire, et les changements continuels de point de vue. On avait devant soi les hautes montagnes enneigées, on tourne un peu, et voici que les yeux rencontrent une douce colline verte, où des fermes tranquilles reposent parmi les arbres. A l'orée du bois qui arrêtait le regard comme un mur succède la plaine qui emporte jusqu'à l'horizon ses villages, ses maisons disséminées. Ici, le silence, des prés seulement, des buissons, des futaies ; là, le village, avec son église, et sur la route une voiture passe, rouge, bruyante. On ne choisit pas où regarder, on est conduit par cette balle dont il faut suivre les caprices…

Ce déplacement, cette variation, je m'y efforce aussi dans mes enquêtes. Mais c'est tellement plus simple, une fois qu'on s'est engagé sur une piste, d'y rester, de se laisser conduire par elle jusqu'au terme, bon ou mauvais ! Tout s'ordonne si bien, regardé sous un certain angle ! Ainsi, Montsaur… Tout concorde, tout l'accable. Mais que je tourne seulement un peu la tête, c'est comme s'il n'existait plus. Qui va le remplacer ?

Sur ce parcours que je connais bientôt mieux que mes poches, autre surprise : les trous voisinent souvent de très près, et pourtant on a peine, sur l'un, à s'imaginer si proche d'un autre. Encore une analogie avec mes enquêtes ! On établit des faits, on repère des indices, on désigne des suspects ; tous semblent à des lieues les uns des autres. Une conversion d'un quart de tour, et la distance s'abolit, la proximité saute aux yeux. Tiens, par exemple, je n'ai pas encore songé à rapprocher Montsaur et Montant… Mais il est vrai aussi que les grands squales ne vivent pas en bancs…

Le 14, Robert et moi l'appelons « le trou des mares ». Sur la droite, entre le départ et le green, il y a en effet deux petits étangs, les roseaux du premier masquant le deuxième. Autant dire Charybde et Scylla : car souvent, quand on se réjouit d'avoir franchi le premier, on ne retrouve plus sa balle, noyée dans le second.

La peur de ces eaux trop accueillantes est si grande que nous jouons, Robert et moi, trop sur la gauche. Avec pour résultat de finir dans le fossé, plus accueillant encore.

Justement, la balle de Robert vient d'y rouler. Du coup, j'ai changé de club, avec l'idée d'aller moins loin que lui, et du coup me suis retrouvé trop court.

– C'est décidément psychologique ! a dit Robert, utilisant une fois de plus cette formule bien commode.

Commode et pourtant juste. Un coup qu'on réussit au practice, à dix mètres d'un obstacle on le rate. Certains en sont tellement convaincus qu'ils prennent la précaution de jouer une vieille balle.

Robert et moi les désapprouvons : c'est se mettre d'avance en situation d'échec. Mais jouer une balle neuve ne garantit pas le succès !

– A propos de psychologie, je t'ai dit que j'ai aperçu Potterat ce matin ? Il y avait un sacré moment qu'on ne l'avait pas revu.

– J'avais même entendu dire qu'il était parti pour l'étranger. Tu n'as toujours pas lu son bouquin ?

– Non. Et je ne le lirai pas : trois tentatives infructueuses, c'est assez.

Moi, je l'avais lu, non sans mal. Je n'y avais pas trouvé grand-chose d'utile, mais il m'avait intéressé d'un bout à l'autre. Les explications étaient tellement ingénieuses ! Pierre Potterat, c'était vraiment le génie du tortueux.

– A propos, dit Robert, un type qui a écrit un livre intitulé *Le criminel et son crime,* et qui reparaît précisément le jour où un crime est commis...

– Je vais y réfléchir. Mais les théoriciens, surtout aussi subtils, sont rarement les praticiens. Tout comme il ne suffit pas de connaître les principes du golf pour bien jouer. Il en est d'ailleurs la preuve ambulante.

Potterat était en effet un joueur très médiocre, mais jamais à court d'arguments pour expliquer la médiocrité de ses performances. On se réjouissait de le voir rater un coup rien que pour le plaisir d'en entendre la glose. Son nom, bien sûr, avait provoqué l'inévitable plaisanterie : « Potterat ? disait-on. C'est plutôt pottera pas », – car il éprouvait en effet les plus grandes difficultés à faire entrer sa balle dans le trou. Quelqu'un lui avait un jour suggéré, en riant, qu'il y avait là un refus d'ordre sexuel. Potterat, sans rire, avait répondu : « C'est à creuser. » Car libido, phallus et castration étaient les trois mamelles de ses exégèses. Il exerçait la psychiatrie et la psychanalyse, célèbre autant pour le montant de ses honoraires que pour le succès de ses cures. Car il guérissait véritablement, – si dans ce domaine le mot de guérison garde encore un sens. En tout cas, plus d'un patient avait témoigné que Potterat l'avait sauvé du désespoir, de la folie ou de la mort. Cela m'avait poussé à le lire d'un œil plus attentif et à ne pas me décourager dans les passages plus ardus.

J'avais franchi le ruisseau, mais en me rapprochant dangereusement du premier étang. Il fallait maintenant retrouver la balle de Robert. Le fond du ruisseau était recouvert d'une plante drue dont les feuilles évoquaient celles du cresson, ses berges, abruptes, étaient sillonnées de crevasses capables d'engloutir des paniers de balles. Mieux valait renoncer. Quelqu'un viendrait un jour, demain peut-être, qui sans la chercher mettrait la main, le pied plutôt, sur la balle de Robert. Cela faisait aussi partie des petites ironies du golf…

– Allez, je vais en dropper une autre. Sinon, les tourtereaux vont nous rattraper.

On pouvait en effet les voir qui s'étaient levés de leur pierre et qui marchaient vers le départ.

Robert a droppé, tiré ; sa balle est arrivée au bord du green.

– Bravo ! ai-je dit. Joliment récupéré !

– Merci, m'a répondu Robert, sur ce ton qu'il a chaque fois, entre ironie et satisfaction.

Nous avons passé le petit pont sur le ruisseau. Nous étions exactement aux trois quarts du parcours. J'ai regardé ma montre : il était une heure moins un quart. Il faisait vraiment chaud maintenant. Je me suis arrêté pour ôter le pull que je n'avais pas osé retirer jusque là. Robert m'a imité. On dirait qu'il ne sait jamais s'il a chaud ou froid. Emmitouflé quand le soleil brille, les bras nus dans la bise, il en est réduit, pour paraître normal, à se régler sur les autres. Encore un sujet de plaisanterie qui ne s'épuisera pas !

– Honnêtement, je ne vois pas ce que Potterat viendrait faire dans cette histoire. Et ne me dis pas que lui aussi, Gabriella l'attirait. Parce que là, je ne te croirais pas.

Potterat était marié, depuis plusieurs années, et vivait avec sa femme, disait-on, un roman d'amour dont ils écrivaient chaque jour un nouveau chapitre. Ils n'avaient pas d'enfants, – c'était, paraît-il, leur seul problème. Ils s'en consolaient par leur union sans faille. Madame Potterat, – Sophie, un prénom que j'aime bien, – ne faisait pas de golf. Mais elle accompagnait souvent son mari, venait le chercher quand il avait fini sa partie, dînait au club avec lui, à une table écartée, comme des amoureux soucieux de préserver leur intimité. Rien qu'à sa façon de le regarder, de lui prendre le bras, de se pencher vers lui pour une confidence, on voyait qu'elle était amoureuse de lui, – qui ne l'était pas moins d'elle. Je le comprenais. Appétissante, pulpeuse, gourmande… La sensualité irradiait de son corps. En même temps, cette chair offerte semblait recéler des recoins d'ombre, des profondeurs, qui sait ? des perversités. Il fallait douter en effet que même le charme de Gabriella pût rivaliser avec ces charmes-là.

De nouveau, le chemin de Robert et le mien divergeaient. « Non, pensais-je, je ne mettrai pas ma balle dans l'eau, en aucun cas ! » Et je me répétais la formule, comme à l'église on récite les litanies pour se rendre propices la Vierge et les saints.

Les dieux du golf m'ont écouté : survolant les eaux et les roseaux, ma balle, du haut du ciel où elle semblait vouloir se rendre, est redescendue au milieu du green.

Ces étangs… Il y en avait quatre, de grandeur inégale, qu'on rencontrait, contournait, quittait, rencontrait de nouveau selon les hasards du parcours. Je les aimais, à cause du charme et de la profondeur que l'eau toujours ajoute au paysage. J'en aimais le caractère presque insolite dans cette nature par ailleurs si policée. Ils m'étaient aussi comme une image du club. Paisibles, à peine ridés même quand soufflait un vent violent, reflétant à peine les changements du ciel dans leurs eaux sombres, on devinait que sous cette surface inaltérable et lisse se cachaient bien des secrets, vaguement dangereux. De temps à autre, une grenouille émergeait bruyamment de sous la feuille de nénuphar qui l'avait jusqu'alors si parfaitement dissimulée. Ou bien une bulle, montée de quelles profondeurs ? venait éclater à la surface. L'eau semblait limpide, qu'effleuraient gracieusement araignées et libellules. Mais le fond était fait d'une vase où les larves grouillaient…

Cela me ramenait à Potterat, explorateur lui aussi des profondeurs les plus secrètes, les plus obscures, les plus troubles, les plus redoutables… Son livre comportait trois parties. Rien à dire de la première, où il examinait le cas de quelques criminels célèbres. La deuxième était plus inattendue : il y étudiait les plus beaux crimes de la littérature policière. Mais celle qui m'avait le plus intéressé, c'était la troisième, consacrée au crime parfait. Disséquant plusieurs exemples, Potterat ne se contentait pas d'en montrer les failles et les incohérences ; il proposait les corrections. Il avait même inventé quelques scénarios particulièrement ingénieux, dont on aurait pu tirer des films passionnants. Mais surtout, il scrutait la psychologie des auteurs supposés. Et là, plus d'une fois, j'avais eu l'impression qu'il dessinait son propre portrait. Ce mélange de passion et de froideur, cette maladresse physique compensée par une intelligence spéculative foudroyante, cette invention, ce génie de la sinuosité mentale, ce goût du mensonge… Avec lui, rien jamais n'était simple. Un homme, c'était tellement de masques superposés qu'on avait beau en arracher tant qu'on voulait, on n'arrivait jamais au vrai visage. Un événement, c'était un paravent qui dissimulait un autre paravent, comme dans ces images qui vous donnent le vertige parce qu'elles se reproduisent en abîme, à l'infini. Si lui décidait un jour de devenir criminel, alors pour sûr ce serait par des chemins tellement inattendus qu'on aurait bien de la peine à l'en débusquer. Mais enfin, il n'y avait aucune raison, ici, de le suspecter. Simplement, son livre me rappelait, à moi qui me méfiais des excès de subtilité, qu'il ne faut pas toujours préférer les explications les plus immédiates, confondre élégance de la solution et simplisme.

Pendant que je marchais vers lui, Robert avait envoyé sa balle sur le green, non loin de la mienne. Nous étions tous les deux en situation de réussir le par. Le vent avait bien tourné !

– Tu vois, ai-je dit, ce trou est bien l'un des plus faciles.

– Je finirai par le croire. Mais une hirondelle…

Cela m'a fait penser qu'au-dessus des étangs, où elles doivent trouver abondance de nourriture, on n'en voyait pas encore. Nous étions pourtant le premier jour du printemps…

J'étais en train de songer que m'occuper encore de Potterat ne mènerait à rien, que mieux valait passer ou changer de couleur, quand Robert a dit, ne s'adressant à moi qu'à moitié :

– Au fond, Potterat n'est peut-être pas totalement hors du coup.

– Comment ça ?

– Autrefois, il a été l'ami de Wozemski et de Montsaur. Enfin, l'ami, je ne sais pas. Disons qu'ils avaient des relations.

– Et alors ?

– Si j'ajoute que c'étaient des relations d'affaires, ça va t'intéresser davantage, non ?

Marchant vers nos chariots, Robert m'a raconté une histoire vieille de sept ou huit ans, dont il ne connaissait pas tous les détails, – mais enfin, on en avait parlé… Potterat était immensément riche, non par le seul exercice de la psychanalyse, pourtant fructueux, mais grâce aux apports de sa femme, héritière d'une énorme fortune et d'une affaire industrielle de cosmétiques dont elle restait l'actionnaire majoritaire, certains disaient même la directrice occulte. Poussé par ses sympathies, ou la curiosité, ou le démon du jeu, Potterat s'était lancé dans des affaires d'import-export. C'est-à-dire qu'il avait fourni les capitaux, Montsaur et Wozemski se chargeant de les faire fructifier. En réalité, les affaires avaient mal tourné, les capitaux s'étaient évaporés. Plus probablement, Wozemski en avait mis la plus grande partie dans sa poche, et Montsaur, le reste dans la sienne. On avait parlé de cinq à six millions. Personne ne savait au juste, l'affaire s'étant réglée à l'amiable, si on peut dire.

– Raison de plus pour ne pas mêler Potterat à cette histoire. J'imagine qu'il ne doit plus avoir de relations ni avec Montsaur, ni avec Wozemski.

– D'affaires, sans doute. Mais pour le reste, rien n'est changé, au moins en apparence. Et puis, il a pu s'intéresser à ce centre commercial. Suppose qu'il ait voulu se refaire.

– Il n'en a pas besoin. Huit ans de divan plus huit ans de pommades auront réparé tout cela.

– Alors suppose que ce soient les deux autres qui lui aient offert une participation, pour le dédommager.

– Vraiment, ça leur ressemble ! Et tu ne crois pas que Potterat aurait eu bien trop peur de se faire encore avoir ?

– Qui sait ? Peut-être que cette fois c'est lui qui se promettait de les posséder.

– Ça, ce n'est pas impossible. De là à commettre un meurtre…

Nous avons repris nos chariots, et nous avons marché vers le départ du 15, lentement, vraiment très lentement. L'intérêt, non, ça ne pouvait pas être le mobile de Potterat. Mais la vengeance ? Un scénario se bâtissait dans ma tête, invraisemblable, et pourtant rendu plausible par l'esprit tordu de Potterat. Que lui importait la perte de quelques millions ? Mais le dépit de s'être fait duper, l'orgueil blessé d'avoir trouvé des maîtres en habileté ? Potterat, de quelque façon, savait que Montsaur et Wozemski avaient intérêt à la disparition de Gabriella. S'il la tuait, n'est-ce pas sur eux que très vite tomberaient les soupçons ? Lui, au contraire, ne risquait rien. Il n'avait aucun lien avec Gabriella, connaissait à peine son mari. Et d'avoir été différée si longtemps, la vengeance…

– Ce n'est plus un plat qui se mange froid, c'est un surgelé !

– Justement ! Personne n'y pensera.

– Sauf toi.

Il le tenait enfin, Potterat, son crime parfait ! Et celui-là, il n'en parlerait pas dans ses livres, mais il le savourerait tout seul dans son coin, il en revivrait la conception minutieuse, la longue préparation, l'exécution rapide et brutale, les conséquences qui n'en finiraient plus de s'étendre. Il n'y avait que lui pour inventer un tel labyrinthe, où nulle Ariane ne viendrait aider ceux qui s'y risqueraient. Mais quel dommage aussi de garder cette merveille pour lui ! Si on pouvait savoir, ah ! comme on verrait qu'il était bien le plus intelligent, le plus rusé ! Par souci de gloriole, irait-il jusqu'à se trahir ?

Allons, je délirais ! Le livre de Potterat m'avait infecté. Cela m'amusait, d'être encore plus tordu que lui. Mais il était temps de reprendre pied sur le réel, et d'abord de revenir à notre partie. Sinon, jusqu'où mes fantasmes pourraient-ils m'égarer ? Faudrait-il, pour les exorciser, que j'aille un jour m'étendre sur le divan de Potterat ?

# TROU N° 15

A la différence du 14, le 15 n'est pas en « patte-de-chien », mais c'est bien sa seule qualité ! Pour le reste, il est long comme un jour sans pain, accidenté, légèrement en montée. Et quand on croit toucher enfin au but, un ruisseau engloutit, au dernier moment, bien des espoirs. Penser à éviter ces traquenards, rien de tel pour oublier Gabriella, ses meurtriers possibles, les mobiles qui les ont agités. Décidément, c'est Pascal qui a raison. « L'homme est si vain que la moindre chose, comme une balle qu'il pousse… »

Mais la moindre chose aussi peut le faire repasser du futile au grave. « Penser, c'est perdre le fil… » Heureusement, c'est aussi, quelquefois, le retrouver ! Ainsi, raclant de mes clous les pierres du chemin ou foulant avec une espèce de volupté la moquette du fairway, je vais de citation en hypothèse, de souvenir en déduction, de certitude en doute. Les zigzags que je trace à la recherche de ma balle sont l'image visible des sinuosités que mon esprit parcourt à la recherche de la vérité. Mais mes idées, que je ne considère pourtant pas comme mes catins, m'obéissent tout de même mieux que ma balle !

C'est en général dans la montée du 15 que je commence à éprouver la fatigue. Le sort a-t-il senti que nous avions, moi en tout cas, envie d'en finir ? il nous a octroyé, à Robert comme à moi, un beau coup de départ, suivi d'un second coup non moins beau. Mais des trajectoires divergentes nous ont séparés, et tandis que j'aurais bien voulu l'interroger encore sur le trio d'affairistes, j'ai dû me contenter de mon monologue intérieur.

Je me demandais encore une fois si Potterat était ou non en affaires avec Wozemski quand j'ai aperçu, au bord du bois, deux ouvriers qui, machine arrêtée, bavardaient. Quand ils m'ont salué, j'ai reconnu l'Algérien qu'on avait congédié quelques jours plus tôt. L'autre, également maghrébin, je ne l'avais jamais vu. Peut-être son remplaçant ?

L'affaire avait fait du bruit, un bruit discret, feutré, mais à la longue d'autant plus assourdissant que chacun semblait vouloir y mettre une sourdine. L'Algérien avait été surpris deux fois, dans les bosquets bordant le parcours, en train de se masturber. Non, ce n'était pas un exhibitionniste : découvert, il s'était détourné et rapidement rajusté. La première fois, directeur et président, magnanimes, s'étaient contentés d'un avertissement. La seconde, Maurer, outré, avait vidé l'Algérien, sans délai et sans dédommagement, ajoutant qu'il devait s'estimer heureux de ne pas être traduit en justice.

Une telle sévérité, je l'aurais attendue plutôt de Montant, qui ne parlait jamais des Nord-Africains qu'avec mépris. Ce qui ne l'empêchait pas d'en employer autant qu'il pouvait, dans ses entreprises personnelles comme au club, sans doute parce qu'il pouvait les payer moins, les sachant, pour beaucoup, en situation irrégulière et les tenant donc par le chantage. Car Montant était xénophobe, probablement raciste, et d'ailleurs ne cachait pas ses sympathies pour l'extrême-droite et ses dirigeants, qu'il qualifiait, en se gargarisant, de « charismatiques ». Mais l'intransigeance du doctrinaire était chez lui tempérée par le laxisme du magouilleur. Maurer, au contraire, avait dans l'esprit de la rigidité. Elle affleurait souvent, malgré les sourires et les formules lénifiantes. Et quand il était question de moralité publique, elle se montrait dans sa rigueur. Façon, peut-être inconsciente, de s'autoriser tous les dérapages dans la moralité privée ?

Je n'avais, quant à moi, dans cette affaire, pas d'opinion bien ferme. Non, je n'étais pas pour que des hordes barbares viennent dans nos campagnes violer librement nos sœurs et nos compagnes. Mais je connaissais la misère matérielle et morale de ces émigrés. Sans parler de leur misère sexuelle, dont bien des affaires m'avaient montré la désolante étendue. Et puis, franchement, les dénonciatrices de ce malheureux avaient dû en voir bien d'autres ! Est-ce qu'il leur en aurait tellement coûté de fermer les yeux ?

J'ai frappé ma balle, et presque au même instant, j'ai vu Robert qui, de l'autre côté, frappait la sienne. Elles se sont croisées en l'air, et nous aussi nous sommes croisés en marchant à leur poursuite. Je nous voyais soudain d'un hélicoptère, et nos errances m'apparaissaient comme les figures d'un ballet mal réglé. Il fallait bien que je me distraie ! Une des raisons pour lesquelles je n'aime pas le 15, c'est qu'on n'y voit pas le paysage. Des monticules herbus sur la droite, à gauche des taillis, devant soi la pente, on se sent comme enfermé, posé sur une interminable voie sans issue.

Au contraire, dans ce que je ne pouvais pas m'empêcher d'appeler mon enquête, qui pourtant ne devait pas en être une… Là, j'étais plutôt au centre d'une place de l'Etoile. Mais les rues qui en partaient n'étaient pas de larges avenues. Plutôt des rues obscures, des venelles, des impasses. J'avais donné un nom à chacune, je commençais à m'y orienter, mais le paysage n'arrêtait pas d'y changer, comme pour un touriste qui se promène dans une ville inconnue. Sans le vouloir, je m'étais engagé de nouveau dans la rue Pierre-Potterat. Rendu déjà sceptique par l'hypermachiavélisme de son plan, un jury ne se convaincrait jamais de sa culpabilité quand il connaîtrait l'homme. Outre qu'on a toujours de la peine à voir un criminel dans un monsieur considéré, et surtout s'il est comme Potterat un phare de la société, un médecin à la mode et un auteur connu sinon compris, on le peut encore moins s'il est un philanthrope actif. Ce qu'était Potterat. Personne ne savait au juste le compte des sociétés humanitaires qu'il présidait. On trouvait sa signature au bas de tous les appels pour toutes les victimes. Il acceptait bénévolement toutes les missions, négociateur adroit et convaincu. Et des indiscrétions avaient révélé qu'il dépensait beaucoup d'argent à soulager des misères, à réparer des injustices, à soutenir des institutions charitables.

Bien entendu, à mes yeux, cela ne prouvait rien. Je me rappelais l'affaire Himmelkreuz, ce père aimant de cinq filles, cet instituteur adoré, cet oncle gâteau, qui à la tombée de la nuit, dans des banlieues, avait tué trois petits garçons après les avoir violés. L'enquête l'avait frôlé plusieurs fois sans s'arrêter sur lui tant sa vie paraissait exemplaire. Et s'il n'avait pas eu, après le troisième crime, l'idée de se teindre les cheveux, peut-être que je ne l'aurais jamais percé à jour.

Chacun de nous ne se compose pas nécessairement d'un Dr Jekyll et d'un M. Hyde, – sinon au petit pied. Mais entre les lobes du cerveau, entre les parties du cœur, entre le cœur et le cerveau, que de cloisons étanches ! Au procès d'Himmelkreuz, les témoins de moralité s'étaient succédé pour me contredire : ils ne pouvaient pas imaginer cet ami des enfants dans la peau d'un violeur.

Moi, je pouvais imaginer Potterat dans n'importe quelle peau. Mais ça ne prouvait évidemment pas qu'il l'avait revêtue !

Cette fois, c'est Robert qui est allé de gauche à droite, et moi de droite à gauche. Tandis que sa balle s'arrêtait à quelques mètres du ruisseau, la mienne y a plongé. Mais comment jouer convenablement avec tout ce qui me passait par la tête, ces histoires compliquées, ces visages d'assassins présumés, le cadavre souillé de Gabriella ?

Potterat et l'ouvrier algérien, les deux bouts de l'échelle… Il s'appelait, ça ne s'invente pas, Ahmed ben Krim ! Lui, on n'avait aucune peine à l'imaginer en violeur, en assassin, en tout ce qu'on voulait de moins reluisant. On avait même trop de facilité à le faire, il fallait se méfier ! Montant, lui, n'aurait pas hésité : « Pas étonnant, un Nord-Africain ». Il disait « Nord-Africain », mais le ton, lui, disait « bougnoule » ou « raton ». « Heureusement qu'ici on les encadre ! » C'est-à-dire qu'en effet ils étaient voués aux tâches les plus basses, les plus salissantes, les plus dures. Que pensaient-ils de nous ? Dans la boue jusqu'aux cuisses, la pelle à la main, ils étaient en train de curer un fossé ou de poser des drains. La pluie les délavait, ils n'avaient pas comme nous, pour les abriter, de vastes parapluies multicolores. Ou bien le soleil tapait dur, et l'on voyait leurs visages luisants, leurs maillots de corps trempés de sueur. Ils nous regardaient passer, s'arrêtaient de travailler pour ne pas nous déranger. Et ce qu'ils voyaient défiler, c'étaient des privilégiés de ce monde, les femmes pomponnées, les hommes impeccables, tous habillés par les plus grandes marques. Ils songeaient peut-être au salaire qu'ils toucheraient à la fin du mois, un salaire qui ne paierait même pas un des équipements qu'on leur promenait sous le nez à longueur de journée. Ils se remettaient à pelleter ; l'argile était lourde, collante, ils pensaient avec envie à tous ces gens pour qui l'outil le plus lourd qu'ils manieraient jamais était un club de golf. Les jours de grande chaleur, les joueurs transpiraient aussi ; mais c'était la sueur du plaisir. Eux trimaient dur pour préparer le terrain de l'oisiveté.

Nul besoin d'aller au Mali pour rencontrer le problème Nord-Sud : les yeux ouverts, on le voyait parmi ces paisibles vergers, ces campagnes aimables. Mais les exploités, eux, combien de temps encore resteraient-ils aimables et paisibles ?

Je m'attendais à retrouver ma balle sur un lit de gravier, doucement lavée par le courant. Mais j'avais beau descendre et remonter le cours du ruisseau, passer d'une rive à l'autre, rien, je ne voyais rien. Je me consolais en songeant que pour les balles perdues au moins, j'étais ex-aequo avec Robert !

Lui avait déjà envoyé la sienne sur le green. J'ai droppé, une balle jaune cette fois, comme si cette couleur devait me porter bonheur.

– Alors, pendant tout ce trajet où je t'ai fichu la paix, tu l'as enfin trouvé, ton coupable ?

– Non, j'en ai seulement trouvé un autre possible. Ahmed ben Krim, l'Algérien, tu vois qui je veux dire.

– J'aurais dû m'en douter !

– Pourquoi ? Tu ne me prêtes quand même pas ce genre de préjugé, ou bien ? Mais je viens de l'apercevoir. Et puis, il faut penser à tout.

– Avec tant de suspects, tu ne vas jamais t'en sortir !

– Que veux-tu, la réalité ne se lasse jamais de fournir.

– Mais c'est toi qui comptes faire le pli.

– Si seulement !

Il fallait potter. Nous nous y sommes appliqués, mais de toute façon, avec un point de pénalité, mon score était compromis.

– C'est vrai, a dit Robert en remettant en place le drapeau, qu'est-ce qu'il fait là ? On l'a mis à la porte, non ?

– Il est sans doute revenu chercher quelque chose, ou bien il voulait revoir son copain. Son coup, si c'est lui qui l'a fait, n'était sûrement pas prémédité.

– D'autant plus qu'il a dû prendre des chemins écartés. Je ne l'imagine pas se pointant dans les parages du club-house, au risque de tomber sur Maurer.

– Donc, c'est par hasard qu'il a rencontré Gabriella.

– Et par hasard, ça lui a donné des idées.

Au terme du 15, on laisse les chariots à côté du green, parce que le départ du 16 n'est pas très éloigné. Il suffit d'échanger son putter contre un club. Mais lequel ? Le golf n'est décidément pas une science exacte !

– Ça me paraît assez vraisemblable. Après tout, le gaillard a montré qu'il avait des appétits. Et pour les satisfaire, Gabriella était un beau morceau.

– Peut-être, encore que les exhibitionnistes ne passent pas tellement à l'acte…

– Mais puisqu'on affirme que ça n'en était pas un !

Il fallait donc ne pas exclure la violence du désir. Mais d'autres violences étaient possibles. Celle du ressentiment d'abord. Cette belle femme, toujours si bien mise et qu'on savait si riche, n'incarnait-elle pas, à elle seule, toute la classe des oppresseurs ? La tuer ne servait à rien : sa classe ne disparaîtrait pas avec elle. Mais elle au moins n'en profiterait plus, et à travers elle c'est aussi son banquier de mari qui serait atteint, et tous leurs ignobles amis. Puis la violence politique. Gabriella était juive, Ahmed, musulman. Oh, il ne devait pas avoir une conscience politique bien aiguë, mais enfin on l'avait élevé dans la haine d'Israël, responsable de tous ses malheurs. Un Juif de moins, ou une Juive, c'était un pas de plus vers le paradis d'Allah... Il y avait enfin la violence de la vengeance.

– C'est plutôt sur Maurer qu'elle aurait dû tomber.

– Bien sûr, s'il avait pu. Mais le malheur a voulu qu'il rencontre Gabriella. Alors, va pour elle. Après tout, elle fait partie du même monde.

– Mais dis donc, tu as de nouveau plus de mobiles qu'il n'en faut !

– C'est bien ce qui m'inquiète. Si ce malheureux est soupçonné, il aura du mal à s'en sortir.

– Pourquoi, toi, tu ne le soupçonnes pas ?

– Il y a presque trop de choses qui l'accablent.

Décidément, au fond de moi, je n'avais pas envie d'accuser Ahmed ben Krim.

## TROU N° 16

Le 16 est encore un par 3, le dernier du parcours, et les cracks le trouvent dérisoirement facile. Mais comme je ne suis pas un crack…

Et puis non, décidément, je n'étais plus dans la partie. Quand je joue avec Robert, nous bavardons toujours entre les coups, mais les coups restent l'essentiel. Séparément, nous sommes plutôt taciturnes ; mais ensemble ! Nous avons beau, chaque semaine, passer au moins deux heures au bistrot pour échanger nos préoccupations, quand nous nous retrouvons entre ces retrouvailles, c'est comme si nous ne nous étions rien dit. Tout de même, au golf, une règle tacite nous fait limiter nos propos. Et d'ailleurs, aujourd'hui, avions-nous tellement parlé ?

J'avais voulu continuer notre partie, et j'avais cru que ça ne serait pas difficile. Gabriella, même s'il m'était arrivé de la désirer, comme mille autres femmes rencontrées par hasard, ne m'était rien. Ce n'était pas non plus le premier cadavre que je voyais.

Je n'avais qu'à le laisser dans son fourré, en proie aux lézards et aux mouches. Je n'avais qu'à contempler le paysage, à me laisser réchauffer par le soleil, à plaisanter avec Robert, à jouer de mon mieux.

D'où venait alors qu'au fil du parcours la place du jeu avait été prise, toujours un peu plus, par le crime ? Bien sûr, il y avait la déformation professionnelle : devant une voiture en panne, un mécanicien, même endimanché, s'interroge, le maçon en vacances s'intéresse aux murs qu'il voit édifier. Mais ça n'expliquait pas tout ; j'avais toujours tellement lutté contre ces automatismes ! Les autres n'avaient que trop tendance à vous enfermer dans votre spécialité. Si en plus on le faisait soi-même… Mon goût pour les livres, pour la peinture en étonnait plus d'un : j'étais flic, et comme on sait, un flic, c'est inculte. Eh bien, non, je lisais, je fréquentais galeries et musées, et je l'aurais fait rien que pour embêter ceux qui voulaient m'assigner mes propres limites. Mais je le faisais pour moi d'abord, par un besoin qui, pour me venir je ne sais d'où, n'en était pas moins impérieux. Cependant, je passais sans difficulté d'un registre à l'autre. Quand ils se recoupaient, quand, par exemple, je lisais un roman policier, je n'avais aucune peine à éviter les contaminations.

Et puis, parfois, quelque chose dans mon esprit était plus fort que mon esprit. Pourquoi, comment étais-je forcé de penser à telle chose puisque au même instant je pensais que je ne voulais pas y penser ? Je disais : ma pensée, mais je voyais bien qu'elle ne m'appartenait pas, en tout cas pas comme ma montre ou mes chaussures. Plutôt comme ma femme, qui avait fini par s'en aller de son côté ? Mon cerveau était une grosse éponge grise, – souvenir, sans doute, des leçons de sciences naturelles où un professeur facétieux nous lançait à travers l'amphithéâtre, comme un ballon de rugby, un cerveau durci, encore dégouttant du formol d'où il venait de l'extraire. Dans cette éponge, une idée pénétrait comme un liquide, n'en humectant d'abord qu'un coin, puis finissant par l'imbiber tout entière.

Décidément, sur ce trou-là, je serais toujours un peu trop court. Mais au moins, cette fois, ma balle était restée au milieu, dans l'axe du drapeau.

La pensée agissait à la façon de ces drogues qu'on vous injecte : d'abord à peine perceptibles, c'est, au bout d'un moment, tout l'organisme qu'elles envahissent. Sinon que la pensée n'avait pas d'effet anesthésiant, tout au contraire. Si c'était une drogue, il fallait la ranger sur le rayon des amphétamines plutôt que dans le tiroir des neuroleptiques.

J'ai demandé à Robert ce qu'il en pensait.

– Tu me prends au dépourvu ! Mais la pensée ne peut-elle pas être aussi un calmant ? Penser son malheur, par exemple, n'est-ce pas l'atténuer ? Pourquoi me poses-tu ce genre de question maintenant ?

Je lui ai dit ce qui venait de me passer par la tête.

– Veux-tu que nous nous arrêtions ?

– Pas du tout. D'ailleurs, nous sommes presque au bout. Mais c'est quand même incroyable qu'après trois heures je n'aie pas réussi à me débarrasser de cette histoire, bien au contraire !

– Je te l'avais prédit ! Allez, joue. Tu es sur un beau coup, ça te changera les idées.

Je suis arrivé tout près du drapeau.

– Tu vois, j'avais encore raison. La désintoxication commence.

Robert se trompait : le mot même qu'il venait d'employer a lancé ma pensée dans une direction nouvelle, mais au bout de laquelle il y avait, encore une fois, Gabriella.

– Tu te rappelles l'affaire Martinet ?

– Jacques Martinet ? L'employé du restaurant ?

– C'est ça.

L'histoire, une année plus tôt, avait, comme on dit, défrayé la chronique. Mais elle en était restée là, faute de preuves. Et Jacques Martinet, jouissant de protections, était toujours employé du restaurant. Il était même monté en grade, sur la proposition, disait-on, de Montant. Comme il montrait dans son service autant de gentillesse que de compétence, on avait peu à peu oublié.

Pas moi. Et je savais que son nom figurait dans des fichiers d'où il pouvait à tout moment ressortir.

– Enfin, c'était vrai ou pas, ce trafic de cocaïne ?

– Disons qu'il y avait de fortes présomptions. Martinet, lui, on n'a pas pu le coincer. Mais plusieurs types avec lesquels il avait des relations se sont fait prendre. C'étaient des copains, a-t-il prétendu, même pas, de ces gens qu'on rencontre dans les bars et les discothèques, avec qui on boit un verre de temps en temps, par hasard. Il ignorait tout de leurs activités.

– Alors, je ne vois pas pourquoi tu l'amènes sur le tapis.

– Tu sais pourtant bien qu'on a dit qu'il ravitaillait certains membres du club. Parmi lesquels, Gabriella.

– En voilà bien d'une autre, maintenant ! La drogue, la French connection, pourquoi pas la Mafia, pendant que tu y es ?

– Pourquoi pas, en effet ?

Ce que, tenu par le secret professionnel, je ne pouvais pas dire à Robert, c'est que Gabriella était connue de la brigade des stupéfiants. Consultant certains dossiers en relation avec une récente affaire de meurtre, j'y avais trouvé son nom. Un collègue m'avait donné des renseignements supplémentaires.

Cela remontait à plusieurs mois déjà. Par hasard, on avait découvert que certaines soirées de la bonne société se terminaient par des cocaïne-parties. Ce qui intéressait les enquêteurs, ce n'étaient pas les consommateurs, au demeurant presque intouchables puisqu'ils appartenaient tous au meilleur monde, et d'ailleurs assez avisés pour ne pas tomber dans des excès vraiment dommageables. Mais on aurait bien voulu découvrir les fournisseurs, pourvoyeurs peut-être de substances plus redoutables et qui pouvaient répandre leurs poisons dans des milieux moins sages et moins protégés. Quand ils avaient découvert l'affaire à laquelle Jacques Martinet semblait mêlé, nos collègues français nous en avaient informés. Plus question, dans ce domaine, de travailler chacun dans son coin : la drogue traversait aussi facilement la frontière qu'une seringue hypodermique l'épiderme. Et naturellement, ce qui avait frappé mes collègues, c'est que deux ou trois participants aux soirées étaient membres du club où travaillait Martinet. Dont Gabriella.

Martinet avait-il jugé qu'elle en savait trop ? Mais alors, pourquoi n'avait-il pas agi plus tôt ? Peut-être, comme Potterat, pour égarer les soupçons ? Peut-être avait-il reçu des ordres, – car il n'était, bien évidemment, qu'un comparse. Ou bien, pour une raison qui restait à découvrir, Gabriella soudain l'avait-elle menacé ? Parce qu'il refusait de lui fournir encore de la drogue ? Ou parce qu'au contraire elle ne voulait plus lui en acheter ? Là encore, cela pouvait jouer dans tous les sens. Se voyant arrêté, condamné, enfermé, Martinet s'était affolé… J'avais connu des meurtres commis pour bien moins que ça. L'affaire Hitzfeld, par exemple, ou le cas Desanti…

– Tu crois vraiment que Gabriella était une droguée ? Elle n'en avait pas du tout l'air.

– Ils n'en ont pas tous l'air. Ce que le public connaît, c'est les pauvres types victimes d'overdoses dans les toilettes des gares et les couloirs de métro. Mais il existe aussi une toxicomanie décente. Comme il y a l'ivrogne qui titube dans la rue et l'alcoolique mondain. Le souci de sauver les apparences fait parfois de vrais miracles.

– Tout de même, à la longue…

– Ah, mais justement, c'est qu'avec Gabriella, telle que je l'imagine, l'expérience n'a pas duré. Elle s'est droguée comme on commande au restaurant une spécialité exotique, pour goûter, pour voir. Ou bien simplement parce qu'un soir quelqu'un l'a entraînée.

– Oui, mais tu sais bien que s'il est facile de commencer, il ne l'est pas de s'arrêter.

– Pas pour une Gabriella.

Que valait l'idée que je me faisais d'elle ? Je l'avais rangée parmi ces femmes que j'appelle des frôleuses. Prête à tout essayer, mais décidée à ne rien risquer. Et qu'on ne vienne pas m'objecter sa vie amoureuse ! La multiplicité même de ses amants, réels ou supposés, montrait au contraire son refus de s'engager. D'amour véritable, elle devait ne jamais en avoir eu qu'un seul : celui d'elle-même. Mais quand on n'a rien à faire, les journées sont très longues, il faut bien se distraire…

– Dans ces conditions, je ne m'explique pas qu'un caprice si passager ait pu causer sa mort.

– Ce qui pour elle n'avait pas d'importance pouvait en avoir une très grande pour quelqu'un d'autre. J'ai connu un type qui a tué son patron pour le punir d'avoir fait sur lui une remarque un peu leste. Et il l'a tué au bout de quinze jours, alors que le patron avait sûrement oublié sa plaisanterie trente secondes après l'avoir faite.

– Bon, si nous terminions plutôt ce beau coup ?

Beau coup, en effet : j'ai réussi le par, Robert un birdie. « Petit oiseau » pour un coup sous le par, « aigle » pour deux, « albatros » pour trois, personne n'avait jamais pu m'expliquer l'origine de ces métaphores aviaires. Curiosité toute gratuite de ma part, car s'il m'arrivait, parfois, d'utiliser la première, les deux autres m'étaient à tout jamais interdites.

– Non, décidément, je ne suis pas convaincu. Il me semble que c'est plutôt elle qui aurait pu le tuer, parce qu'il la faisait chanter, par exemple.

– Oui, bien sûr. Mais enfin, c'est elle qui est morte.

– D'accord. Mais Martinet ne fait pas de golf. Sa présence sur le parcours aurait surpris.

– Encore fallait-il le voir.

– Et puis il y a l'arme du crime. Martinet ne possède pas de clubs…

– Parce qu'il est tellement difficile d'en emprunter un pour une heure ? D'ailleurs, reste à voir si Gabriella n'a pas été tuée au moyen d'un de ses propres clubs.

– Que le meurtrier aurait ensuite tranquillement essuyé et remis dans le sac ?

– Pourquoi pas ?

Pourquoi pas, en effet. N'empêche, les objections de Robert renforçaient les doutes que j'avais depuis le début. Allons, il fallait défausser la carte Martinet. En changeant de couleur, je tomberais peut-être sur celle qui ferait la levée gagnante.

# TROU N° 17

Le départ du 17, c'est vraiment le commencement de la fin. On regarde de nouveau dans la direction du club-house, qui forme, avec le clocher de l'église, le plus joli des tableaux. Joli, oui, c'est cela ; propre, net, ordonné, gracieux aussi. Tout à l'heure, les fermes me faisaient songer à Cézanne ; maintenant, c'est à Corot plutôt que je penserais, ou peut-être à quelque impressionniste mineur, comme Guillaumin…

Mais la vision du tableau s'est bientôt estompée. D'abord, parce qu'il fallait jouer. Ensuite, parce que la vue de ces bâtiments où se trouvent le restaurant, le secrétariat, le bureau du directeur, a ramené mon esprit vers les notables du club. Je pensais à eux en partant, puis je les avais oubliés, et voilà que maintenant je les retrouvais : une autre façon de boucler la boucle ! Et si l'assassinat de Gabriella, – assassinat, et non plus meurtre ! – avait à voir avec ce que j'appelais la guerre du golf ?

Mais d'abord, jouer. Ce que j'ai fait distraitement, comme sans y croire. Est-ce pour cela que j'ai si bien réussi ? A ce jeu, souvent, trop d'application nuit, le désir de faire un beau coup conduit à l'échec. A ce jeu seulement ? Dans mes enquêtes aussi, je me suis parfois enferré parce que je voulais à tout prix conclure, et trop vite. Il faut quelquefois laisser à l'esprit le répit de la distraction, comme on fait une sieste avant l'effort…

Le 17 est encore une « patte-de-chien ». Ma balle a volé par-dessus de jeunes sapins, des buttes herbeuses, pour retomber si loin que je ne la voyais plus. Robert a eu moins de chance : il s'est égaré parmi les sapins.

– A propos, ai-je dit soudain, – et Robert a dû se demander comment mon esprit avait repris ce chemin, – est-ce que Maurer était vraiment devenu l'amant de Gabriella ?

– On l'a dit, en tout cas, et je pourrais ajouter : Il n'y a pas de fumée sans feu.

– Ou peut-être : Calomniez, calomniez, il en reste toujours quelque chose ? Mais ce n'est pas à coups de proverbes et de citations que je vais y voir plus clair.

– Et alors ? Tu m'as dit que cette affaire n'était pas la tienne.

Là, j'étais bien obligé d'admettre qu'il marquait un point. Il suffisait en effet d'attendre les résultats de l'enquête officielle. Mais j'étais impatient. Encore un de mes sales défauts ! Et puis ma pensée tournait autour de ces importants comme un papillon fasciné autour des lampes. Je leur imaginais des vies tellement différentes de la mienne ! Qu'était-ce donc que manier des millions, prendre des décisions qui fixaient le sort des autres ? Mon métier n'était pourtant pas dénué de pouvoir, mais à une autre échelle. Et ce n'était pas moi qui changeais le cours des vies, c'est ce que les intéressés avaient fait. Moi, je me contentais de mettre des actes cachés dans la lumière, pour qu'ils développent toutes leurs conséquences. Mais un Maurer, un Montant ? Ils signaient un contrat, endossaient un chèque : à mille kilomètres de là, deux cents ouvriers perdaient leur emploi. Mais dans le fond, étaient-ils plus libres que moi ? On pouvait toujours, en amont, découvrir des causes étrangères, des contraintes. Personne n'était tout-puissant, même pas Dieu, – à supposer qu'il existe. Les caprices, c'était la menue monnaie de la vie privée. Pour le reste, eux, les forts, ils étaient, comme moi, menés autant qu'ils menaient. Je le voyais quand il m'arrivait d'en avoir un entre les pattes, dans mon bureau. Il n'était plus qu'un homme pareil à tous les autres, implorant et menteur, faible et rusé, hypocrite et courtois, arrogant et pitoyable.

– Crois-tu que Maurer se prenne pour Dieu le Père ?

– Pourquoi me demandes-tu ça ?

– Parce que j'ai besoin de savoir jusqu'où le goût du pouvoir peut l'entraîner.

Nous étions parmi les petits sapins, à la recherche de la balle de Robert.

– Devenir président du club lui a donné une casquette de plus. Il faisait déjà partie des Amis du Théâtre, des donateurs du Musée. Tu vois ça d'ici : protecteur des Arts, des Lettres et des Sports !

– Avec au bout un beau mandat politique.

– Peut-être. Mais ce qui m'intéresse, c'est la part respective des nobles ambitions et des rancœurs personnelles.

Je cherchais des raisons comme la balle de Robert, – sans les trouver !

– Souvent, on agit pour un motif, et tout d'un coup, en voilà un autre qui se substitue à lui.

– Il était sans doute là dès le début, mais on ne voulait pas se l'avouer. Alors, pour le masquer, on en a avancé un autre.

Nous bavardions courbés en deux, pour mieux voir parmi les taupinières et sous les touffes d'herbe, avec de grands silences entre nos répliques.

– Tu n'imagines tout de même pas que c'est Maurer qui a fait le coup !

– Pas encore. Ah, la voilà !

Elle était au pied d'un sapin, cachée par les basses branches. Comme l'arbre, jeune encore, était soutenu par un tuteur, Robert avait le droit de la dropper sans pénalité. J'admirais les règles du golf : produit d'esprits vétilleux, elles prévoyaient tout, y compris les accidents les moins probables. Au club-house, je me croyais parfois au tribunal : arbitres et joueurs remplaçaient procureurs et avocats. C'étaient des interprétations qui s'affrontaient, des arguties à n'en plus finir, on en appelait à la règle 23-1 ou 33-2 comme d'autres à l'article 237 quater. Et souvent, comme au tribunal, la loi ne donnait satisfaction à aucun des intéressés.

Robert a bien frappé sa balle. Elle a rejoint la mienne, que désormais j'apercevais de nouveau, en plein milieu du fairway.

– Est-il possible d'imaginer que Maurer a courtisé Gabriella simplement parce qu'il avait entendu dire que Montant s'intéressait à elle ?

Je croyais fermement à la thèse du désir triangulaire. La plupart, ici, ne convoitaient une chose que parce qu'ils l'avaient vue possédée par un autre. Il en allait ainsi pour les vêtements, les clubs, les balles, les sacs, les voitures, les lieux de séjour. Pourquoi pas les femmes ?

– Dans le cas de Maurer, amour et intérêt ne sont sans doute pas séparables.

– Amour ? Tu imagines vraiment ce type amoureux ?

– A sa façon, oui. Qui n'est pas d'abord sentimentale. Ce n'est pas parmi les Séraphins qu'il faut le ranger, mais parmi les Trônes, les Puissances et les Dominations. Dans sa langue à lui, aimer se dit posséder.

– Et puis, s'il n'aime pas vraiment, il a sûrement besoin, comme tout le monde, d'être aimé. La recherche du pouvoir, c'est encore une façon de vouloir être aimé.

– Mais on déteste si souvent ceux qui ont le pouvoir !

– Savoir si la détestation n'est pas une forme de l'amour… En tout cas, ce n'est pas l'indifférence. Et puis le pouvoir suscite l'admiration. Songe à tous ceux, à toutes celles qu'il attire dans son sillage.

– A cause de ce qu'il peut leur donner !

– Pas seulement. S'il y a toujours dans l'amour des composantes sado-masochistes, pourquoi ne pas admettre que certains ont besoin, pour avoir le sentiment qu'on les aime, d'être dominés ?

– Je n'ai pas l'impression que c'était le cas de Gabriella.

– Tu en saurais plus si tu avais tenté ta chance.

– Et toi, donc !

Nous avons plaisanté un moment, oubliant que Gabriella était morte. Puis soudain, l'inconvenance… Nous nous sommes écartés l'un de l'autre, en silence, comme si nous avions besoin d'un peu de solitude pour reprendre nos esprits.

Les Mal-Aimés… Ce titre m'avait toujours frappé : il me semblait désigner tout le monde. Tout le monde était mal aimé, c'est-à-dire que personne n'était aimé comme il l'aurait voulu. Sinon, pourquoi Maurer serait-il allé chercher dans des aventures ce qu'il avait à disposition chez lui ? Car il avait une femme admirable. Comment pouvait-elle supporter cette situation ? Bien sûr, il y avait les enfants, ces quatre filles qu'elle ne voulait sans doute pas séparer de leur père. D'ailleurs, par souci de respectabilité, Maurer ne lui aurait jamais accordé le divorce. Mais peut-être qu'elle tenait vraiment à lui ? Peut-être ne voulait-elle pas admettre que les beaux rêves de sa jeunesse n'avaient été que des illusions ? Peut-être Maurer lui donnait-il encore, à sa façon, une affection qu'elle trouvait suffisante ? J'avais du mal à comprendre, n'ayant jamais admis, en amour, que le tout ou le rien. Mireille, c'est un désir vraiment très fort qui me poussait vers elle. Pourtant, j'avais résisté : j'aimais encore Jacqueline. Et quand Jacqueline avait rencontré son fabricant de robinets, elle avait bien fait de s'en aller. La garder, oui ; la partager, jamais !

Robert et moi nous étions de nouveau rapprochés. Je pouvais arriver d'un coup sur le green. Malheureusement, mon club a frappé l'herbe et ma balle n'a fait que la moitié du chemin espéré. Comme s'il avait voulu souligner une complicité retrouvée, Robert m'a imité au mètre près ! Le juron que je l'ai entendu grommeler était le même que celui que j'avais crié dans ma tête.

– Le problème, pour les types comme Maurer, c'est qu'ils ne savent jamais avec certitude pourquoi on les aime. Pour leur pouvoir ? Pour leur fric ? Pour eux-mêmes ?

– S'agissant de sa femme, il ne peut pas avoir de doute.

– Qu'est-ce qu'on en sait, au fond ? De toute façon, dans ce monde-là, le genre Tristan et Iseut est assez peu porté. A part Potterat… Les conquêtes, ça fait partie de l'image de marque.

Les conversations du club-house le confirmaient. Entre hommes, on faisait volontiers parade d'une espèce de cynisme. La tendresse, sans doute éperdument recherchée en privé, apparaissait, exprimée publiquement, comme une faiblesse. Quelle plus grande sottise que d'être sentimental ? De toute façon, au-delà d'un certain âge, d'ailleurs pas tellement avancé, on était nécessairement revenu de tout. Sous ces propos désabusés, je croyais percevoir un autre sentiment, d'autant plus fort que personne ne l'avouait ouvertement : la misogynie. Ni avec elles ni sans elles… Ils parlaient sans cesse des femmes, ils avaient besoin d'elles, ils ne pouvaient s'en passer ; et dans le même temps, ils en avaient peur, et pour ne pas confesser cette crainte, ils affectaient de les mépriser : bavardes, dépensières, coquettes, frivoles… Jusque dans leurs hommages, il y avait de la condescendance. Et ceux-là mêmes qui prétendaient les aimer plus que tout ne rêvaient en fait que d'être leurs maîtres. Ambition toujours déçue, qui les conduisait en fait à changer constamment de maîtresses…

Trop peu d'espace nous séparait de nos balles pour que j'aie le temps de continuer cette réflexion. Qui d'ailleurs ne m'apprenait pas si Maurer avait vraiment été l'amant de Gabriella…

Robert et moi formions désormais tandem : où se posait sa balle allait aussi la mienne. Ainsi nous sommes-nous retrouvés tous deux pas très loin du drapeau. J'ai pu constater une fois de plus que le 17 me réussissait. Je savais bien pourquoi : je l'avais réussi dès la première fois. De même que je ratais chaque fois le 5 parce que la première fois je l'avais raté. Au golf, comme en amour, c'est dans la tête que se passe le plus important. Et comme rien n'est plus difficile que de se débarrasser de ses fantasmes…

Maurer assassin de Gabriella, était-ce aussi un fantasme ? Je lui voyais assez peu de raisons de commettre un tel crime. Et celles que je trouvais me semblaient peu vraisemblables. Pourtant…

– Imagines-tu Maurer capable de tuer Gabriella parce qu'elle repoussait ses avances ?

– Non ! Compromettre sa situation pour un sentiment qu'il n'éprouve pas ? Car tu l'as dit toi-même, il est sans doute incapable d'être amoureux.

– Je pensais moins à l'amour qu'au dépit.

– A ce compte-là, il devrait massacrer tout son parti, qui s'oppose à ses ambitions !

– Il n'est pas Hercule pour trancher d'un coup les cent têtes de l'hydre. Tandis qu'une seule... D'ailleurs, j'y pense : dans le parti, justement, Gabriella était parmi ses opposants, et son mari aussi.

– Alors dis-moi ce qu'il gagnait en ne supprimant que l'un des deux ?

– Ce n'est pas affaire de gain ou de perte. C'est affaire d'occasion, – et de colère.

– Tu le crois capable de sortir à ce point de ses gonds ?

– Ne te fie pas aux apparences. De loin, il est l'image même de la réussite. Mais de près ? Est-ce qu'on sait ce qu'il peut y avoir de frustrations même chez un type comme ça ?

– Je n'arrive pas à y croire. Par-dessus le marché, tu ne sais même pas s'il était là aujourd'hui.

– Si. Ce matin, j'ai vu sa voiture.

Et pourtant... Maurer suspect, d'accord ; mais coupable ? Il fallait abandonner cette piste. Encore une manche de perdue... Mais la partie n'était pas terminée !

# TROU N° 18

Le parcours finit en montant. Légère d'abord, la pente s'accentue peu à peu, jusqu'à la route qui conduit du dernier green au club-house, redoutable quand il faut y traîner son chariot après quatre heures de jeu. Sur ce trou, le terrain est en dévers presque d'un bout à l'autre. On envoie sa balle au milieu du fairway, elle rebondit, et la voilà qui dégringole. Belle image de nos actes, que nous projetons droit devant nous avec l'espoir de la réussite et que les circonstances dégradent en échecs. Jacqueline… Tant de rêves, tant de projets, tant d'accomplissements, pour la voir en fin de compte partir avec un fabricant de robinets ! Gabriella… Tant de séduction, tant de conquêtes, pour finir, dépenaillée, dans un bosquet ignoré. Tous mes suspects…

– Tu rêves ? Allons, dépêche-toi. Il est temps que nous arrivions.

– Tu as raison. Moi aussi, je commence à en avoir assez.

Hélas, mes réflexions sur le dévers n'étaient que trop fondées ! Au point qu'incertain de retrouver ma balle, j'en ai joué une deuxième.

– Dieu sait ce que nous allons trouver au club-house !

– Je te préviens, je ne m'y attarderai pas. Le champagne que tu me dois pour ton trou-en-un, tu me le paieras une autre fois.

– Mais on va nous interroger !

– Arrangeons-nous pour que ce soit à l'écart. D'ailleurs, qu'est-ce que nous avons vu ? Nous ne savons rien de plus que Christa Fassbinder.

– Vraiment ?

Il y avait bien nos hypothèses, – mais ce n'étaient que des hypothèses. Je n'allais tout de même pas jeter la suspicion sur douze innocents pour trouver un éventuel coupable ! Et puis, c'était décidé, je ne voulais pas m'en mêler.

La balle de Robert est tombée au même endroit que la mienne, mais elle y est restée. Il a fallu que je me retienne pour ne pas dire : « C'est là qu'on voit la différence entre ceux qui ont de la chance et ceux qui n'en ont pas ». Ce genre de remarque agace Robert. A juste titre. Et pourtant… Oui, même si je ne voulais pas toujours le reconnaître, la chance, ça existait. Ainsi, les enquêteurs mettraient ou ne mettraient pas la main sur l'indice qui éclaire tout, le témoin inattendu se montrerait ou ne se montrerait pas, le meurtrier se couperait ou non. Plus d'une fois, on m'avait félicité de ma sagacité quand on aurait dû féliciter le hasard, qui m'avait donné les clés du problème. Encore fallait-il faire entrer les clés dans les bonnes serrures… On verrait ça tout à l'heure, quand j'essaierais de ramener ma balle des parages inhospitaliers où elle s'était égarée, – à supposer que je la retrouve !

Montant, de nouveau je pensais à Montant ! Il m'avait servi d'ouverture, puis je l'avais perdu de vue. Le moment était-il venu d'une relance ?

Robert le croyait trop rusé pour se compromettre dans une affaire avec Gabriella. Moi, je le croyais surtout assez malin pour en mener une sans se compromettre. A une telle liaison, il avait intérêt de toutes les façons. C'était un moyen de redorer son blason après son éviction de la présidence. Il savait Maurer sur les rangs. S'il parvenait à lui souffler Gabriella… Tout le monde verrait que le vieux loup avait encore les dents solides, qu'il ne lâchait pas le morceau facilement, qu'il fallait y réfléchir à deux fois avant de s'en prendre à lui. A la satisfaction d'amour-propre s'ajouterait celle de la vengeance. Et la jouissance de contrecarrer les plans secrets de Maurer. Car il y avait sûrement des plans secrets : à travers la femme, c'est le mari que Maurer se proposait d'atteindre…

Bon, tout ça était bien joli, mais je ne voyais vraiment pas les raisons de Gabriella de céder à ses avances. Montant n'était pas une pièce dont elle pouvait avoir envie d'enrichir sa collection. Il n'était ni jeune ni beau ni drôle, et de sa richesse Gabriella, largement pourvue, n'avait que faire. Montant devait le savoir mieux que moi. Mais on connaît l'antienne : Point n'est besoin d'espérer pour… Et puis Montant avait une théorie, qu'il exposait assez complaisamment : tout s'achète. « Ce n'est pas qu'une affaire de montant, ajoutait-il finement. Il faut surtout trouver de quelle nature doit être le paiement. » Et de citer des exemples où un cadeau bien choisi lui avait permis d'emporter le morceau plus sûrement qu'un gros chèque. Pour Gabriella comme pour les autres, il trouverait le mot de passe…

Il l'avait sous-estimée. Peut-être ignorait-il aussi ce détail, que je tenais de je ne sais plus qui : Gabriella se refusait à tromper les femmes dont elle était l'amie. Puis, l'affairisme de Montant devait lui répugner. Pourtant, dans son entourage, on détroussait aussi ; mais c'était avec plus de classe.

Elle avait donc repoussé Montant. Dès lors, le mobile était le même que pour Maurer.

Non, ma balle n'était pas perdue. Je l'apercevais, dans une situation qui allait me donner bien de la tablature. J'ai fait un crochet pour ramasser ma deuxième balle, et j'ai commencé à descendre la pente, assez raide, malaisée.

Pas plus que pour Maurer, ce mobile ne valait pour Montant. Une « affaire de fesse », comme il aurait dit lui-même « en petit comité » (il adorait l'expression « petit comité », parce qu'elle établissait avec ses interlocuteurs du moment une complicité qu'il pensait renforcer par la vulgarité voulue de son langage), une affaire de fesse ne méritait aucun sacrifice. « Si ça marche, ça marche. Si ça ne marche pas, adieu, je t'ai vu ! » Montant s'offusquait si peu des rebuffades qu'il continuait de montrer beau visage à leurs auteurs, – sauf à les leur faire payer cher quand il le pourrait sans risque. Tuer Gabriella parce qu'elle l'avait refusé ? Autant imaginer un homme politique renonçant à sa carrière à la suite d'un échec !

J'ai à la fois réussi et raté mon coup. Réussi parce que j'ai sorti ma balle de son trou ; raté parce que, du fairway, elle est redescendue dans le bunker qu'elle avait d'abord survolé. Réussi et raté… Comme tant de choses dans ma vie… Comme mon enquête, où j'alignais les suspects sans parvenir à en élire un… Et si je me contentais de regarder le paysage, toujours plus admirable à mesure que la lumière neuve du printemps le modelait ? Il y avait le proche, le club-house comme un jouet fraîchement repeint, les petits arbres comme des promesses, les restes d'un ancien verger, pruniers, pommiers, qui faisaient sur l'herbe ces grandes ombres rondes que j'aime tant. Il y avait les lointains, la vallée avec toutes ses maisons, qui abritaient tant de visages, tant d'histoires ; le lac, qu'on ne voyait pas, mais qu'on devinait à la brume lumineuse qui flottait au-dessus de ses eaux ; les montagnes, plus visibles maintenant, mais légères, comme peintes à l'aquarelle sur le papier précieux d'un paravent. Trois nuages laineux, immobiles, pour souligner d'un trait de blancheur la soie bleu pâle du ciel. Et sur tout cela le silence…

J'ai commencé à remonter la pente. Non, le dépit n'avait pas pu faire de Montant un criminel. Ses déceptions, il avait l'habitude de les passer par profits et pertes, avec un sourire, se réservant d'apurer les comptes le moment venu. Mais l'humiliation ? Gabriella pouvait avoir la langue acérée. Si une Boismesnil l'avait jugé digne d'entrer dans sa famille, il n'allait pas se laisser remoucher par une Juive parvenue ! Pour qui se prenait-elle donc ? Et pour qui le prenait-elle ?

Mon étonnement, remontant cette pente qui m'essoufflait, c'était de revivre la scène comme si j'avais été à la place de Montant. L'humiliation, toujours je l'éprouvais à la place de celui qui l'avait subie. Elle me mettait hors de moi, littéralement et dans tous les sens, je sentais monter la tristesse, l'indignation, la colère… Quelle humiliation avais-je subie moi-même, il y avait si longtemps, toujours prête à réveiller en moi sa brûlure, et qui me faisait prendre le parti même de ceux que j'aimais le moins ? J'étais Montant, un club à la main, devant Gabriella ; elle parlait, je voyais son sourire ironique, j'entendais cette parole de trop…

Puis soudain, j'étais de nouveau à l'extérieur de Montant, je retrouvais son visage à la fois aigu et bonasse, le clignement perpétuel de ses yeux, la moue qui faisait saillir sa lèvre inférieure… A des paroles, il avait dû répondre par des paroles…

Tandis que je me trimbalais par les pentes herbues, Robert avait fait son chemin. De mon bunker, avec un peu d'adresse, j'avais pourtant des chances de le rejoindre. Mais outre que cette course-poursuite me démoralisait, persuadé que j'étais, d'avance, de la perdre, j'ai, par crainte que ma balle ne redescende, frappé trop fort et suis allé cette fois m'égarer de l'autre côté, dans une fosse herbeuse. Mais je ne renoncerais pas. L'essentiel demeurait de parvenir une fois au but. Comme dans mes enquêtes…

Montant n'était pas, comme Potterat, un intellectuel tortueux. Mais il était rusé. Les circonvolutions de la prudence et les détours de l'astuce ne pouvaient-ils pas conduire au même endroit que le goût des démarches sophistiquées ? Il savait ce qu'on disait de Maurer et de Gabriella. S'il arrivait à cette dernière un « accident », de quel côté chercherait-on ? On n'arriverait peut-être pas à condamner Maurer, ni même à l'inculper. Mais il serait interrogé, convoqué chez le juge d'instruction. Il aurait beau faire, il serait sali. Adieu la maîtresse qu'il convoitait, que peut-être il possédait déjà ! Même une fois son innocence reconnue, il ne pourrait plus s'associer aux affaires de Contini. On pouvait aussi espérer que l'enquête amènerait au jour quelques secrets peu reluisants. Il serait obligé de donner sa démission, et le nouveau directeur, sa créature, s'en irait avec lui. Ah oui, sa vengeance, il la tenait, Montant, subtile et complète !

On ne sort pas plus facilement de l'herbe haute que du sable : ma balle a traversé le green, s'arrêtant à huit mètres du drapeau, tandis que celle de Robert n'en était qu'à cinquante centimètres. Le bougre, il allait de nouveau réussir le par !

Je courais après ma balle comme je courais après Montant. Comme elle, je finirais bien par le rattraper. Je lui avais trouvé le mobile de Maurer, je lui avais trouvé le mobile de Potterat. Je pouvais lui trouver aussi le mobile de Wozemski. Il n'était pas lié directement à l'affaire du centre commercial, mais il y figurait par l'intermédiaire d'un ami, en réalité son homme de paille. Gabriella l'avait appris, en avait parlé à son mari. On s'était séparé de l'ami de Montant – je le tenais de Robert. On a beau dire que l'argent n'a pas d'odeur, celui de Montant avait des relents qui donnaient à penser. S'associer avec lui, c'était s'exposer à voir l'affaire s'égarer dans des parages douteux. C'était aussi prendre le risque de se faire souffler, au dernier moment, les profits les plus substantiels. Pourtant, Contini ne risquait probablement rien, ayant les épaules larges, et posée sur ces épaules, une tête bien faite qui, compartiment fourberies, valait certainement celle de Montant. C'est bien pourquoi j'imaginais l'intervention de Gabriella. Ce n'étaient pas tellement les procédés illicites qui la gênaient que les personnes douteuses. Sur ce point, son mari, pourtant fort négligent envers elle, l'écoutait souvent. Pour devenir son partenaire, il n'était pas nécessaire d'avoir l'appui de Gabriella ; mais il valait mieux ne pas l'avoir contre soi. Gabriella aimait un homme qu'il détestait, Gabriella le méprisait, Gabriella lui avait fait manquer une affaire en or… Fallait-il à Montant d'autres raisons pour avoir au moins l'idée de la supprimer ?

A moins d'un hasard vraiment improbable, aucune chance de rentrer une balle à huit mètres. Robert, comme prévu, a réussi le par. Moi, j'ai fini deux coups au-dessus. Ce n'était ni brillant, ni catastrophique.

Nous nous sommes remerciés, cérémonieusement, comme nous faisons toujours. Puis nous avons attaqué la montée vers le club-house. Entraîné par son chariot électrique, Robert, assez vite, m'a distancé.

Montant pouvait encore avoir un mobile tout à lui. Père fondateur du club, il avait été de toutes les transactions rendues nécessaires par son installation. C'est lui qui traitait avec les entrepreneurs et les commerçants, lui qui pesait de tout son poids pour les commandes et les adjudications. Tout naturellement, il y avait eu des commissions, des remises. Des pots-de-vin aussi, – « des barriques », disaient certains. Sûr de lui et de ses acolytes, il était allé trop loin. On avait même parlé de détournements. Mais il fallait éviter le scandale, et peut-être n'avait-on pas de véritables preuves. On avait donc étouffé l'affaire, – enfin, presque… Imaginons maintenant que Gabriella ait été au courant de ces indélicatesses, que même elle ait appris d'autres malversations. Parce que Montant l'importune, ou parce qu'il veut s'en prendre à Maurer, ou parce qu'il est furieux contre Contini qui l'a écarté, elle le menace de tout raconter. Il sort d'une épreuve dont il n'est pas encore remis. De nouvelles révélations l'achèveraient : président déchu, c'est le club cette fois qu'il devrait quitter. Il faut empêcher Gabriella de parler…

Le chemin monte si rudement que j'ai dû m'arrêter pour reprendre mon souffle. Mais j'étais content. Je n'avais pas trop mal joué. Et pour la mort de Gabriella, je n'avais plus de doutes.

# CLUB-HOUSE

Treize suspects, – autant que de levées dans un grand chelem ! Mais la partie n'était pas gagnée. Les enquêteurs trouveraient-ils les preuves qui me manquaient ? Moi, je n'en avais pas besoin, puisque ce n'était pas moi qui devais, au terme du parcours, arracher le dernier masque et désigner à tous le vrai visage du coupable. Je n'avais pas besoin de ces preuves parce que ce visage, je le connaissais.

J'étais heureux : mon intime conviction rejoignait mon désir. Le coupable était celui pour qui j'avais le moins de sympathie. Je n'aime pas les tricheurs triomphants. Mais cette fois, le tricheur avait joué un coup de trop. J'étais heureux.

Au restaurant, contrairement à notre attente, il n'y avait presque personne. C'est qu'il était déjà quatre heures et demie. On avait dû parler beaucoup vers la fin de la matinée, quand la nouvelle avait été connue. Puis on était rentré chez soi, n'ayant plus le cœur à jouer. Comment nous jugerait-on, Robert et moi, pour avoir continué notre partie ? La réponse m'était indifférente.

– Le directeur aimerait vous voir.

C'était Martinet, que je n'avais pas entendu approcher. Je pouvais lui sourire : ce n'était pas lui qui avait tué Gabriella.

– Quand ?

– Tout de suite, si c'est possible. Et vous aussi, Monsieur Malledieu.

Nous avons traversé la cour. La fontaine chantait, le ciel était toujours aussi bleu. J'étais heureux. J'aiderais à faire prendre le coupable. Cela s'était décidé tout seul, malgré moi. Il serait arrêté, emprisonné... Au-delà de la terrasse, la vue glissait jusqu'aux montagnes enneigées. Plus près, aux fenêtres, entre les volets lilas, on mettait les géraniums qui fleuriraient jusqu'à l'entrée du nouvel hiver. J'étais heureux. J'étais triste. Le coupable serait pris, jugé, puni. A quoi bon ? Gabriella était morte. Dans deux jours, on l'enterrerait. Dans deux jours, de tant de grâce, de toute sa beauté, il ne resterait rien.

# PETIT LEXIQUE DE GOLF

BOGEY : Trou réussi en un coup de plus que le par.

BUNKER : Trou plus ou moins vaste et profond rempli de sable.

CADDY-MASTER : Employé responsable du matériel (et de bien d'autres choses).

DRIVER : Club en bois, utilisé au départ, pour réussir la plus grande longueur.

DROPPER : Laisser tomber sa balle en un endroit où elle sera jouable.

FAIRWAY : Partie du parcours plus soigneusement tondue.

GREEN : Espace d'herbe très rase et roulée où se trouve le trou.

HANDICAP : Nombre de points qu'on déduit du score final. (Indique le classement du joueur).

PAR : Nombre de coups idéal (3, 4 ou 5 sur un trou, en général 72 sur le parcours entier).

POTTER : Sur le green, faire rouler sa balle vers le trou.

PRACTICE : Terrain d'entraînement, où la balle, pour être frappée, est placée sur un tapis.

ROUGH : Partie du parcours où la végétation est naturelle (ou presque).

SAND-WEDGE : Club très ouvert utilisé pour sortir la balle des bunkers.

STANCE : Position des pieds du joueur devant la balle.

TEE : Petite pièce de bois sur laquelle on pose la balle au départ.

TOPPER : Frapper la balle trop haut. Elle roule alors très loin au lieu de s'élever.

WEDGE : Club ouvert utilisé pour les approches ou pour sortir de certains obstacles.

Achevé d'imprimer en avril 1995
sur les presses de la Nouvelle Imprimerie Laballery
58500 Clamecy

Dépôt légal : avril 1995
Numéro d'impression : 503076

*Imprimé en France*